喊云

钱龙宁 著

山西出版传媒集团　北岳文艺出版社

·太原·

图书在版编目（CIP）数据

喊云／钱龙宁著 .—太原：北岳文艺出版社，2022.10
　ISBN 978-7-5378-6660-6

Ⅰ.①喊… Ⅱ.①钱… Ⅲ.①诗集-中国-当代 Ⅳ.①I227

中国版本图书馆 CIP 数据核字（2023）第 010530 号

喊云

钱龙宁／著

//

出品人 郭文礼	出版发行：山西出版传媒集团·北岳文艺出版社 地　址：山西省太原市并州南路 57 号　邮编：030012 电　话：0351-5628696（发行部）　0351-5628688（总编室）
责任编辑 刘文飞	传　真：0351-5628680 经销商：新华书店 印刷装订：成都兴怡包装装潢有限公司
助理编辑 殷欣如	开　本：880mm×1230mm　1/32 字　数：170 千字 印　张：8.375
装帧设计 书香力扬	版　次：2023 年 3 月第 1 版 印　次：2023 年 3 月成都第 1 次印刷 书　号：ISBN 978-7-5378-6660-6 定　价：50.00 元
印装监制 郭　勇	本书版权为本社独家所有，未经本社同意不得转载、摘编或复制

月是故乡明

最近阅读了钱龙宁先生的诗集《喊云》,仿佛在我忙碌又浮躁的生活里被挤出来一片宁静的空间。从故乡的青山相连到茅草屋,从放牛娃到上学郎,从父母的絮絮叨叨,再到屋后的杉树林;从西域的鄯善骑上枣红的骏马,穿越罗布泊,站在库木塔格沙漠上,看见了最美的夕阳;用雪花的眼睛看见了六尺巷,嘴里呼出托克逊的风。蓦然回首,春天来了,笔者忙碌的印记变成了千千万万个身影,最终化成了一个字——真。这个字意味深长,诠释了"人生"的意义,突然发现,文字的魅力就在于,无论年龄、性别,不管隔着怎样的时代,我们会因为一本有共鸣的小说、诗歌、散文,而在一个完美的时空相遇,然后思想碰撞出火花。月是故乡明,天涯游子总是在内心深处默默地感受着对故乡的眷恋。现实生活中所有的烦躁,我们都能在故乡中找到慰藉,甚至流泪喜悦。说实话,儿时的故乡是个磨人心性的地方,你得把自己掏空了,真正走出去,重新活一次,才能真正领悟故乡的月更明。

　　《喊云》这本诗集是作者回顾一生历程的成长告白书，某种程度上也可视作中国社会几十年变迁的备忘录。故乡的山山水水、生活中的点点滴滴，现实生活中犬牙交错的束缚，让作者对生活与人性有了更为宽广与深厚的理解。三十年以来，犹如一场梦境，塞外的地方都能发现作者的身影，他记录下动人的细节，一如既往，坚定地前行，为社会留下个人脚印。书中真情流露，是作者的生活，也是你和我的生活。

　　现代诗歌少了韵律与平仄的束缚，给了诗人更大的创作空间，于是乎城市、民风、科技组合成审美灵动性，丰富的意象和象征带来了独特的美感，以全新的视角带我们接触现实。我想，作诗之人与品诗之人都有着相似的性情，有着热爱生活、努力向上的情怀。他们愿意化作传递希望的使者，在天与地之间，在人们的心灵深处，种下一颗希望的种子。

阿来
2022 年 10 月

　　（作者阿来系中国作家协会副主席、四川省作家协会主席、当代著名作家。）

自 序

喊云,一个远方的游子对故乡的倾诉

长江中下游丘陵地区,枞阳、庐江两县交界处,四季分明,峰峦叠嶂,青山逶迤。在那群山环抱、山清水秀、风景如画的地方,有一个叫"泉水"的小山村。那是我魂牵梦绕、日夜思念的地方,因为它就是我的故乡。

故乡安徽的那个小山村,我在那里出生,在那里长大,度过了童年、青少年时代。那里,遍布我的足迹,有我的欢笑、我的泪水、我的梦想和我的期盼。高中毕业后,我独自一人,远离故乡,到遥远的边疆乌鲁木齐上大学,毕业后留在了新疆,一直在边疆工作、生活至今,已度过三十多年的时光。如今,我已年过半百,对故乡的思念之情更加浓烈。在多少个节日里,在多少个不眠之夜,我思念着故乡,只能借助笔端,将思念的泪水抛洒在纸上,抛洒在一篇篇文章、一首首诗歌里。在故乡安徽,我虽然只度过了二十一个春秋,但那里的人,那里的事,那里的山山水水、一草一木,都镌刻在我的心上,令我如此眷恋,如此难忘。随着岁月的流逝,故乡的模样却愈加清晰,对故乡的思念愈加浓烈。我浸泡在思念的河水里,在不到一年的时间,把对故乡深深的思念倾注于笔端,一首首关于故乡的诗歌,犹如喷泉喷涌而出。我回忆小时候故乡的模样,故乡春夏秋冬的面孔;我回忆父母、哥哥、姐姐、妹妹,我们那个十一口温暖而艰难的大家庭;我回忆父母、兄弟姐妹在那片土地上洒下的汗水,辛勤的劳作;我回忆小时候放牛、上学、挖红薯窖、雪地上捕鸟、追野兔、捉泥鳅;我回忆母亲棍棒式的教育;我回忆大爷、大姑和村子里的人;我回忆从新疆回老家探望年迈的母亲时,她撕心裂肺的痛哭……在一首首诗歌里,我描绘故乡的山山水水,那是多么美的风景画啊!我讴歌父母的勤劳,勤俭持家,那是人间多么温暖而伟大的爱啊!我讴歌村子里的人,那是多么纯朴善良的人民啊!在一首首诗歌里,我倾吐着对故乡的思念,和对故乡绵绵不绝的爱。那是对我在故乡二十一个春秋的深情回望,那是我难以忘怀的成长经历、难以磨灭的青春记忆、难以割舍的故乡情结。

阔别故乡三十余年,故乡今非昔比,早已不是我小时候的模样。昔日的水稻田、旱地、水井,甚至水塘,都已难觅踪影。昔日,最亲的人,最熟悉的人,一个个都去了远方,再也不会回来了。昔日,我走过的路,都已湮灭,埋没于荒草丛里,消失在时光深处,不留一点痕迹。故乡,空留下一座儿时的老屋,成了一片瓦砾,一片废墟。父母、两个哥哥都已长眠在故乡的小山上,无论我怎么喊，再也喊不醒。他们像是天上飘荡的四朵云，无论我怎样喊，他们都不停留，从我的眼前匆匆飘过，向西而去。故乡，对于我来说，仿佛是一场梦。梦醒时分，当我用笨拙的笔，含泪记下对故乡的一次次回忆，一个个人，一件件事，一幅幅景，是那么刻骨铭心，魂牵梦绕，常常令我泪流满面，彻夜难眠。

离开故乡三十余年，谨以此书向生我养我的故乡致敬！向长眠不醒的亲人致敬！向生活在那片土地上的人们致敬！向逝去的难忘岁月致敬！

钱龙宁

2022 年 1 月 16 日

目录
CONTENTS

第一辑　故乡情

绿色的思念	/ 002
砍柴回家	/ 003
茅草屋	/ 005
放牛	/ 007
插秧	/ 009
采茶	/ 011
上学	/ 013
回家的父亲	/ 016
上小学的那个冬天	/ 019
新瓦房	/ 022
割稻	/ 025

砍柴	/ 027
上学的路	/ 029
屋后的杉树林	/ 031
初中走读	/ 034
车水	/ 036
插山芋	/ 038
夏天的夜晚	/ 040
最美的歌声	/ 043
前大爷	/ 045
隔壁二爷	/ 047
大爷	/ 050
大姐	/ 053
大姑	/ 056
大雪	/ 059
比赛	/ 062
舞龙灯	/ 064
识	/ 066
清晨	/ 068
山上放牛	/ 070
母亲的菜园	/ 072
训牛	/ 075
夜纺	/ 077

红薯窖	/ 079
秋天的枫叶	/ 081
找水	/ 083
竹林	/ 085
种烟叶	/ 088
暴风雨	/ 090
路	/ 092
夏日，午后	/ 094
照镜子	/ 096
教训	/ 098
夏夜	/ 100
看电影	/ 102
水井	/ 104
愿望	/ 107
野趣	/ 109
烧火粪	/ 111
地龙	/ 113
蝉鸣	/ 115
竹林放牛	/ 117
年味	/ 119
收成	/ 121
照洼垴	/ 123

别故乡 / 125

父亲来信 / 127

文具盒 / 131

杀年猪 / 133

除夕之夜 / 135

刷桐油 / 138

煤油灯 / 140

最后一次探母 / 143

第一次出远门 / 146

喊云 / 149

母亲的爱 / 152

独饮 / 153

冬至 / 156

去外婆家 / 158

最美的风景画 / 161

挂在树上的梦 / 163

第二辑　鄯　善

鄯善 / 166

赤亭之上 / 168

罗布泊的鞋子 / 170

站在库木塔格沙漠上 / 173

舟、云、桥、湖及其他 / 175

最美的夕阳 / 177

歌声，飞出小院子 / 179

邂逅长史亭 / 182

三个桥村素描 / 184

记号，或文明 / 186

一个油画家的大写意人生 / 188

羊驼 / 190

第三辑　雪花的眼睛

六尺巷 / 194

浮山 / 196

托克逊的风 / 198

托克逊的冬天 / 200

白鹭还乡 / 201

四季槐花 / 204

黄昏 / 207

雪花的眼睛 / 209

一朵花的辽阔，一朵花的白 / 211

在乌鲁木齐，看一场雪 / 213

晒太阳　　　　　　　　　　　/ 215

城与路　　　　　　　　　　　/ 217

天气有点冷　　　　　　　　　/ 219

中年书　　　　　　　　　　　/ 221

我的世界，已渐渐奇妙　　　　/ 223

我，仍然是个记者　　　　　　/ 225

一份特殊的礼物　　　　　　　/ 228

面孔　　　　　　　　　　　　/ 230

一场小小的灾难　　　　　　　/ 232

窗外　　　　　　　　　　　　/ 234

我们都要好好的　　　　　　　/ 236

鲁院小记（组诗）　　　　　　/ 238

元旦　　　　　　　　　　　　/ 244

坐火车　　　　　　　　　　　/ 246

后　记　　　　　　　　　　/ 249

第一辑

故乡情

绿色的思念

一座座青山,紧紧相连
逶迤起伏,掀起绿色的波涛
群山环抱的小村庄
一个巨大的绿色摇篮
那里,是我可爱的故乡

我,在故乡的摇篮里
呱呱坠地,快乐成长
头枕着绿色的波涛
那绿色、温柔的波涛
后来,就变成了
我对她日夜思念的心潮
起起伏伏,汹涌澎湃

2021 年 11 月 24 日

砍柴回家

母亲二十岁出嫁
父亲一穷二白
结婚,床上的棉被
还是借来的
只盖了一个晚上——
新婚之夜
第二天,被人偷偷索回

梦里醒来的母亲
忍住了眼泪
看清了现实
她,要用勤劳的双手
创造自己的幸福
把梦一步一步,变成现实
赶走一穷二白

喊云

天，还没亮
母亲上山砍柴
挑着柴火回家，浑身湿透
头上的汗，雨水般滴落
像游泳的人，从河水里
爬上了岸

放下柴火，她
发现出门时掩好的大门
怎么开了一条大缝
急忙进屋，借着窗外照进来的月光
发现一只狗，在卧室里转来转去
离床上酣睡的婴儿（我的大哥）
近在咫尺
她操起扁担，迅速向狗打去
却听见了狼凄惨的嚎叫
母亲，惊出一身冷汗

2021 年 12 月 11 日

茅草屋

山脚下,一座茅草屋
风雨洗刷,经常
外面下大雨,里面下小雨
天晴时,父亲爬梯上屋顶
用油毡和稻草修修补补
就像母亲给他精心缝补
一件心爱的衣裳

红蓼,蒿子,杂草
密密匝匝,没过膝盖
将房前屋后围得水泄不通
黄鼠狼经常隐藏其中
叼走了小鸡
让母亲心疼好几天

门前,几株高大的泡桐
狂风暴雨,吹吹打打
落下的淡紫色花朵
像落了一地的眼泪
一棵枣树,结满了青枣
还没等枣子变红
一竹篙子打上去
掉下一地的绿叶,间或几颗青枣
母亲说:"小红枣,甜似蜜。"
可我们嘴馋的小孩子
哪里会等到那一天

泡桐和枣树,早已不知去向
可它们一直在我的记忆里
开花,结果

2021 年 11 月 24 日

放牛

茂密的树林,乌黑的秀发
葳蕤的青草,绿色的棉被
芬芳的鲜花,开满无边的旷野
清澈的溪流,唱着动人的歌谣
我,在故乡的怀抱里
走进了美丽的童话

一个十一口之家
吃着集体的大锅饭
为多挣几个工分
我,从小就举起了牛鞭
稚嫩的肩膀
过早地扛起——
风雨
扛起——

属于自己那份沉甸甸的责任

牛,欢快地甩着尾巴
在山上,低头吃草
我,站在它的身旁
一手牵绳,一手握纸
反复默念纸上的生字
还没进学堂
就央求哥哥教我认字
那双渴盼知识的眼睛
就像牛儿生来就喜欢紧盯着青草

2021 年 11 月 25 日

插秧

一块块不规则的水稻田
镶嵌在两座小山之间
分布于东、西、南三面
上端,高居着水塘
像保护神在日夜看守

锋利的犁铧,掀开黑色的泥土
阳光下,裸露出健康的肌肤
一块块水稻田
一张张明晃晃的白纸
我们弯着腰
以绿色的秧苗作笔
一丝不苟地作画

身子越往后挪

喊云

绿色的面积越大
在我们不停歇的手下
一块块水稻田
变成了一匹匹绿色的绸缎

三月的春风
吻去我们脸上的汗水
抚摸着新织的绸缎
掀起一层层绿色的波浪
像母亲温柔的双手
拂去一身的酸疼和疲惫

2021 年 11 月 25 日

采茶

白雾茫茫,笼罩着村庄
山坡上,青青的茶园
披上了薄薄的面纱

戴着草帽的母亲
低头采茶,忙碌的身影
在雾霭里若隐若现
竹筐里的绿茶,越来越多
她的心里,像吃了定心丸
越来越踏实

雾霭,渐渐散去
阳光,洒满茶园
母亲的身影——
渐渐清晰,愈加高大

镀上了一层金光

用一条旧毛巾
擦去脸上的汗水
迈着蹒跚的步子
慢慢地回家
一筐筐鲜嫩的绿茶
给了她心灵的慰藉

几天后,踏着泥泞的小径
雨水淋湿了衣裳,母亲
不倦的身影,出现
在十几公里外的集市上
半天的熙熙攘攘中
竹筐里的茶叶,换回了
儿女的学费,夏天的凉鞋
酱油,盐巴,的确良衬衫

2021 年 11 月 26 日

上学

终于可以上学了
我,像是得到了圣旨
在学会了一些生字之后
在向父母反复央求之后

不过,母亲告诉我
只能半天上学,半天放牛
我,愉快地答应
只要允许我去上学
我,什么都可以答应

放牛,是多么的孤独啊
在寂静的山上
一个年幼的孩子
一头老黄牛

就像驾一叶扁舟
漂荡在浩瀚的寂寞的大海上
多么的乏味,多么的枯燥

放牛,是多么地令人恐惧啊
电闪雷鸣,狂风大作,大雨倾盆
我,一个年幼的小孩
孤独地在山上放牛
害怕得瑟瑟发抖
恨不得立马钻进教室
和老师、同学们在一起
和哥哥、姐姐在一起
风,吹不着
雨,淋不着
雷电,吓不着

背上母亲亲手缝制的帆布书包
我,就像领到了圣旨
和哥哥姐姐,村子里的孩子们一起
高高兴兴,去上村子里的小学
泥泞的田埂路,蜿蜒曲折的山路
每天,来回要走几公里

我，不觉得有多远，有多累
坐在用泥巴、土块、树枝
修建的课桌的教室里
我，像是坐在知识的宫殿里
比谁都开心，比谁都幸福
我，像是换了一个人

2021 年 11 月 27 日

回家的父亲

好久没见到父亲
这天，他突然回来了
满身沾着泥土
散发着稻花的清香

卸下肩上扛着的铁锹
铁锹的底刃
闪耀着熠熠的亮光
就像我在梦里
看见的父亲的形象

坐下来，和母亲说话
絮絮叨叨，没完没了
像是几天几夜也说不完
掏出旱烟袋，呷几口绿茶

和闻讯赶来的村民寒暄
满屋子,谈笑风生,烟雾缭绕

几十公里外的长江边上
有生产队的圩堤、稻田
父亲和抽调去的村民
长年坚守在那里
防汛抗洪,大面积种植水稻
多年的辛劳,累弯了笔直的腰杆
两鬓,又添了许多白霜

墙上,悬挂着一块金匾
公社敲锣打鼓送来的褒奖
奖励生产队超额完成征购粮任务
作为队长的父亲
脸上无上的荣光

处理完队里的大事
又过问家里的琐事
父亲睡得很晚,很香
夜半的鼾声,像江上汹涌的波涛
第二天一早,不见了父亲的身影

早早回到了圩堤
扛着那把发光的铁锹

2021 年 11 月 26 日

上小学的那个冬天

冬天
你来,还是不来
我不在乎,并不关心
我,还是老样子
一如既往过着春——夏——秋

穿着单裤,赤着脚
走在铺霜的小路上
和往常一样,去上学
老师俯身,摸着我的腿
心疼地问:"冷不冷?"
我摇摇头
真的不冷?是,也不是
只有我知道,别人不知道

晚上，下着好大的雪，零下好几度
第二天清晨，家里的水缸
结了厚厚的冰，屋檐上
挂着一排冰溜
我只会大声地喊："快来看呀
冰，还有冰溜。"

手，红红的小馒头
脚，冻疮痒痒的，有些钻心的疼
即使室内的火球、火桶、火盆子
一应俱全，我仍然会——
满不在乎，不以为意

棉袄，棉裤，棉鞋子
每个冬天，少不了
全副武装，母亲早早地精心准备
我在校园跳绳子，踢毽子
鞋上破了几个洞，就跟没有一个样

冬天，来过吗？
冬天，没有来过吗？

只有风知道

只有雪知道

2021 年 11 月 29 日

新瓦房

一条满身花纹的大毒蛇
从茅草房梁上坠落
堂屋里，独自玩耍的少年
惊吓，一枚钉子
揳入体内

青黄豆饱满时节
茅草房，一个不堪重负
不招人待见的老人
悄然离开
新瓦房，紧锣密鼓

刚上初中的我，和哥哥姐姐
十几公里外的瓦窑厂
稚嫩的肩膀，挑砖挑瓦

千钧的扁担，一根针

插进记忆的深处

星星、月亮睡着了

皎洁的月光下

一只只蚂蚁

一直不停地搬运重物

实在累得不行

和衣睡在塘埂

露珠打湿衣裳

过路的人，顺手牵羊

偷走妈妈给我买的新凉鞋

茅草房的原址，扩大面积

地基挖得很深，很宽

孩子们，像打了兴奋剂

在田字形的方格里

欢快地跑来跑去

玩着跳方格的游戏

上大梁的那天，好不热闹

砖匠、瓦匠站在大梁上放鞭炮

高声说着吉祥话，一套一套的

向下抛撒糖果、花生、香烟
浑身点缀着红墨水的米粉丸子
大人，小孩蜂拥而上
嘻嘻哈哈，疯抢
房梁上，悬挂着亲友送来的贺礼
猩红的绸缎，大花头的毛毯
床单、被套、布料
一条条彩色的瀑布

寒冬腊月，喜气洋洋
搬进新瓦房
总是见不到父亲的身影
母亲愁眉苦脸，唉声叹气
年关已近，讨债的人接踵而至
父母害怕，就像我害怕
房梁上坠落的那条花蛇

2021 年 11 月 27 日

割稻

七月，轰隆隆的雷声
滚过农人头上的草帽
像密集的鼓点
奏响喜庆的曲调
黝黑的脸膛，堆满
稻穗的图案

山谷里，一大片一大片金黄
像西天燃烧的晚霞
茂密的树林，郁郁葱葱
给无边的金黄镶上一道绿边

广袤的田野，挥舞着镰刀
在一层层汗水里，收割金黄
稻穗低头，向一顶顶草帽

鞠躬致敬
晒场上,一座座小山堆成丰收的形状

脱谷机唱响千年的歌谣
谷粒的幽香,飞花四溅
农人的笑声,扑扇着翅膀
越过晒场,在小山村飘荡

2021 年 11 月 28 日

砍柴

深秋,树叶凋零
山,像泄了气的皮球
我们上山,带上
砍刀、绳子、扁担

一刀刀砍下去,嘭嘭作响
灰尘四溅,虫子乱飞
像砍疼了秋的神经
黄荆、毛栗树、荆棘
一人高的灌木丛
应声倒下,躺在地上
绝望地望着天空
轻声叹息
一根绳子,将它们的身子
结结实实地捆绑在一起

像捆住了一只小老虎
手指,被咬出了血

晒场上,堆起——
一座座小山
一天天的温暖
一个个的希望
阳光下,晒干了水分
像埋藏在地下的煤
灶膛里的火光
照亮了一个个苦寒的日子

2021 年 11 月 26 日

上学的路

是谁,吞没了
我天天走过的道?
是谁,偷走了
我天天上学的路?

站在高高的山顶,放眼望去
四周,白茫茫的一片
水漫金山,汪洋泽国
前,望不到头
后,望不到尾
这么大的世界
大得放不下
我的一只脚

滂沱的大雨,昼夜不停

喊云

像喋喋不休的泼妇
肆虐的洪水,到处奔腾、咆哮
像脱缰的野马
毁坏庄稼、道路、家园
毁坏一个少年内心的美好

我上学的路,在哪里?
悲伤,失望
人生中,遭遇的第一场灾难
多少年后,在记忆里
像一个巨大的阴影
怎么都挥之不去

站在高高的山顶
朝着学校的方向仔细搜寻
青山如黛,村庄朦胧
远方的学校,频频向我招手
像一盏永不熄灭的明灯

2021 年 11 月 27 日

屋后的杉树林

父亲神奇的手上

长出一棵棵参天的大树

神奇的肩上

长出一片茂密的树林

愚公移山

盘古开天辟地

父亲,既不是——

动人的寓言故事

也不是美丽的神话传说

新瓦屋的后面,一个小荒坡

岩石裸露,土地贫瘠

零星长着几棵野草,开着几朵野花

像一个面黄肌瘦、营养不良的小孩

那天,父亲召开家庭会
做出一个非凡的决定
从此,这里改天换地,变了模样

一筐筐土,一筐筐沙
父亲,哥哥,姐姐,我
不辞辛苦,从远处挑来
长年累月,蚂蚁搬家
挑土不止,面积增大
土层增厚,像一床厚厚的棉被

春天,父亲买来杉树苗
亲手栽下一行行
洒下汗水,播种希望
阳光下,风雨中
杉树,一天天变绿
一年年茁壮成长
长成一片杉树林
父亲心目中最美的画

手,长出了厚厚的老茧
背,渐渐变成了弯弓

每一棵树,饱吸着父亲的汗水
看见父亲发自内心的微笑

鸟儿,在树林里唱歌
野兔,在树林里安家
一棵棵树苗长成了参天大树
掩映着白墙灰瓦的新瓦房
小村庄一道最美丽的风景线

2021 年 11 月 29 日

初中走读

上了初中，年龄之树，向上长了好几岁
上学的路离家更远，不能住校，每天走读
落单的小鸟，茕茕的身影
风雨无阻，早出晚归

家贫，没有钟表
时间，全都掌握在公鸡的嘴上
听见鸡鸣，就听见了号令
立马翻身起床，炒一碗剩米饭
喝几口白开水，填饱肚子
背起书包，带上中午的干粮
钻进黑夜的心脏

走过一段段田畈路
穿过杂树丛生的山间小道

黑黢黢的，死一样的寂静
一个人，走在路上，提心吊胆
心，悬在了嗓子眼
害怕鬼，害怕狼
害怕黑，害怕静
头发竖立，不敢朝后看
生怕看见了什么，吓坏了自己
突然的一声鸟叫，吓得魂飞魄散

经常，在路上，走着，走着
月亮，突然钻出了厚厚的云层
溶溶的月光，洒向天空，洒满大地
给我一个吃惊，一个惶恐
深更半夜，睡觉的最好时辰
我，一个人，背着书包
独自走在漆黑悠长的上学路上

2021 年 11 月 28 日

车水

大地龟裂的嘴唇,控诉烈日的炙烤
干旱的蛇,死死咬住小村庄的脖颈
稻田喊渴,嗓子冒烟
灌浆的水稻奄奄一息

从家里抬出的水车
像是开往水塘的救护车
我和哥哥笔直地站在水车头的两侧
一手叉腰,一手转动摇把
吱嘎,吱嘎
救护车鸣笛
车水,车水
挥汗如雨,浑身湿透

水车张开口,低着头

像一头喝不饱的水牛
想一口吞下水塘
腹中的辐条轮循环往复
像转动着的齿轮
吃水，吐水

水塘，渐渐瘦下去
稻田，亮汪汪
像一张张巨大的笑脸
水稻喝饱水，真爽快，挺直腰
灵魂渐渐复活

2021 年 11 月 30 日

插山芋

一小截茎,加上一片绿叶
就是农民秋天的希望
就是默默无闻的地下工作者
就是深藏不露的功臣

山上,山下,平原
一块块地,深翻,平整
一个个温床,一面面镜子
镜子上,用锄头挖出一个个酒窝

趁阴天,最好能下点雨
我们全家人纷纷出动
在酒窝里,插山芋
一小截茎,伸入泥土
一片绿叶,仰望天空

山芋插完了

又挑来一桶桶水

爬山，上坡

给每一个窝里浇一瓢水

最后，才放心离开

秋天，地里绿茵茵

藤蔓变成绿棉被

覆盖了整个地面

不漏一点空隙

不透一丝风

地下，一个巨大的宝库

饥馑之年，拯救下的

一个个活生生的灵魂

2021 年 12 月 1 日

夏天的夜晚

踏着晚霞,哼着歌儿
放牛回家。牛,进了圈
我,开始打扫屋前的空场地
慢慢掀起夏夜的帷幕

扫去地面上的垃圾
提来清水,泼洒一遍
暑气,慢慢退去
露出村庄干净的脸

皎洁的月光下,一块空场地
就是一家人的欢乐,一家人的温馨
竹床上,摆着一大盆稀饭
刚出锅的几道农家菜
烧茄子,清炒黄瓜和南瓜花,鸡蛋炒韭菜

清香扑鼻，美味可口
就着热乎乎的稀饭
吃得脸上一阵阵流汗
手里的芭蕉扇，怎敌得过电风扇
一直摇个不停，手酸胳膊疼

放下碗筷，我们小孩子
跑得无影无踪，像快乐的小鸟聚拢
去捉天上飞来的萤火虫
装在小玻璃瓶里，当灯使
银铃般的欢笑声，飞出小山村

睡在竹床上，竖起耳朵
听爸妈讲鬼故事
看天上的月亮，数星星
想起书上说的嫦娥，玉兔
七仙女，董永，和那些遥远的故事

后半夜，夜凉如水
想回屋子里睡觉
但一想起那些鬼故事
就头皮发麻，不敢回屋里

父亲躺在躺椅上，睡得正香
夜风，拂过他的脸庞
把梦里的笑容吹得星光灿烂

2021 年 12 月 1 日

最美的歌声

喔,喔,喔
公鸡的叫声雄壮、嘹亮
从山谷间、茂密的树林里传来
小山村最美的歌声
有人,听了高兴,心向往之
有人,听了恐惧,闻之色变

循声寻找的人,哪怕山再高
坡再陡,林再密,路再远
也不在乎,跌倒,爬起来
恨不得马上抓住
那只唱歌的公鸡
打打牙祭,解解馋
美餐一顿,一饱口福

喊云

喔,喔,喔
公鸡的叫声,隐隐约约
此起彼伏,渺渺茫茫
在山谷间、树林里飘荡
那人终于找到鸡叫的地方
只见眼前的山崖上涌出一股清泉
越涌越大,变成一条瀑布
突然,一条蛇从瀑布里飞蹿而出
头上长着鲜红的鸡冠
死死咬住那人,牢牢缠住
拖进水里,无声无息

山谷间,树林里
像什么都没发生
有人失踪了
但公鸡的叫声
仍时常传来
小山村最美的歌声
有人,听了高兴
有人,听了恐惧

2021 年 12 月 2 日

前大爷

他，住在我家门前
我们都习惯地叫他前大爷

几间茅草房
修了一年又一年
补了一年又一年
住了一辈子
没有儿子，女儿出嫁后
和失明的老伴相濡以沫

生产队时，是犁田的行家
犁地、打耙的里手
出色的司号员
社员每天集体出工，都要听他
在大喇叭上通知
有时，站在村前的一处高地上

喊云

大着嗓门喊：
"上工啰！上工啰！"
我那时是放牛娃
常学着他的样子
站在那里，大声地喊：
"收工啰！收工啰！"

老伴青光眼，看不见光明
整天坐在屋门旁，一张小木椅上
耳朵特灵敏，能听见动静
能辨别各种声音
他精心照顾着老伴
是她的拐杖和眼睛

前大爷是村子里的智多星
他的话被村民们认可，暗地里传诵
像村子里不时刮起的一阵风
比如他说过：
"人爱干净都是假的
你要是真爱干净
晚上，怎么还会带着屎睡觉呢？"

2021 年 12 月 3 日

隔壁二爷

山上的石头,压垮了

他最后的一根稻草

心目中,宽敞明亮的瓦房

美丽的魔鬼,吸走了他的灵魂

一口一口的鲜血

染红了他的理想,他的梦

生他养他的这片土地

一朵朵鲜花,开在那个炎热的午后

娇艳无比,不忍直视

两个儿子年龄大了

隔壁的二爷早就动了心思

要将低矮黑暗的茅草房

变成宽敞明亮的新瓦房

喊云

每天,带着扁担、绳子
上山挑石头
茅草房周围的石头
越积越多,堆得像小山
他心里有本明白账
石头越多,用砖就越少
盖房的成本就越低

起早贪黑,挑石头
一台不停运转的机器
不知疲倦,不知劳累
妻儿心疼,劝他歇一歇,慢慢干
可他就是歇不住
一头扎进去,拔不出来
一心想着早日建起新瓦房

那天午后,二爷突然累倒
大口大口地吐血
卧倒在床,昏迷不醒
妻儿急得团团转,砸碗摔罐
嘭嘭嘭,震天响
呼天抢地地哭喊

最终也没能把他喊醒

低矮黑暗的茅草房，幽灵一般
时常在梦里，吓得我一身冷汗
就像他葬在小山坡，离村民
天天去洗衣、洗菜的水塘不远
吓得我好长时间都不敢去

2021 年 12 月 3 日

大爷

雨打浮萍，流落到江南
罪恶的地主，夺走青春年华
伤痕累累，回到家乡
凶残的国民党，夺走健康
万恶的旧社会，扭曲了
纯洁的心灵
苦难的陈酿，一杯杯斟满
他，独自，举起
一口一口地吞下

父亲的哥哥，我们叫大爷
大爷的老伴，我们叫大娘
大爷比父亲年长十五
儿子夭折，女儿出嫁
与老伴相依为命

新中国成立前,像雨打的浮萍
流落到江南,给地主打长工
伤痕累累,逃回家乡
被国民党抓去当壮丁
在部队,当挑夫
长时间昼夜行走
双脚浮肿,落下后遗症
右脚严重变形,比左脚大了许多
穿不上普通的鞋子
只能穿自己打的草鞋
只要见到外地来的人
大娘就央求他们多多留意
给大爷买特大号的鞋和虎骨
愿付双倍的价
但没有一个人能给他帮上忙

右脚,疼痛难忍,整天呻吟
耕田,犁地,打耙
重活干不了,就种地,锄草
管理农田,一天都不清闲

那天,大娘和村子里的泼妇吵架

越吵越凶，跺脚，拍巴掌
恶语相向，互不相让
大娘回家后，突然昏厥，再没醒来

大娘走了，天塌了
大爷失去了唯一的依靠
几间茅草房，破败不堪
在风雨中飘摇
父亲备好砖瓦、石头、木料
给他盖几间新瓦房
动工兴建之际
性格孤僻，倔强的大爷
自缢在自家的房梁上

2021 年 12 月 4 日

大姐

大姐就要出嫁了
父母早早给她准备嫁妆
梳妆台、木箱、木桶、木盆子
新衣、新鞋、新袜子
还有几床新棉被

我那时还很小,不明白
为什么大姐长大后
非要去陌生的人家过日子
不再和父母、兄弟姐妹在一起
以为她——
生了气,闹脾气
对这个十一口之家有意见
为了逃脱这个家庭
繁重的体力劳动

不再喜欢兄弟姐妹

我们每一个人

九个兄弟姐妹中

大姐付出最多,对家庭的贡献最大

干的农活最多,念的书最少

把读书的机会让给了我们

个头本来就不高

家庭的重担把她压得更矮

挑水,挑稻把子,挑柴火

洗衣做饭,照顾年幼的弟妹

事事都离不开她

做不好,遭到母亲的责骂

像一头老黄牛

默不作声,任劳任怨

干了二十多年的活

从没说过一个"累"字

上学时,老师教她认生字

她把"产"非要说成是锅铲的"铲"

嘴里念念有词:

"锅铲的'铲',铲锅巴"

母亲说她有些笨

大姐羞得脸通红

其实,大姐并不笨

出嫁前的那几年,抽空学刺绣

她绣的画儿可美了

所有作品都被抢购一空

2021年12月4日

大姑

炎热的夏夜,谁拥着竹席
在堂屋曳地而过,发出诡异的声响
清晨,父亲惊恐地描述
吓得我们小孩子个个头皮发麻

日上三竿,来人报丧:
大姑的大女儿昨夜投河自尽
婚姻不幸,不堪重负
时常遭到村霸的欺凌
身上的雪,又加了一层厚厚的霜

大姑,高大的身材
说话声音苍老
那年,我在柳峰上初中
住校,周末才能回家

学校离她家不远
就在柳峰山脚下
母亲嘱咐我去她家要些好菜
带回学校,补充营养
大姑用猪油给我炒了腌萝卜
看见堂屋的木床上
静静地躺着她的小女儿
黑色的薄棉被,紧紧裹着瘦弱的身子
这个终身残疾的孩子
生命里,从来没有春天

大姑爷是个木匠
记得那年水稻扬花时节
他步履蹒跚地来到我家
在水稻田里,找到干活的父亲
父亲扛着耘耙,他们一前一后回家
大姑爷有气无力地说:
"我年纪大了,身体又不好
以后,可能再也不能来你家了。"

大姑爷去了
大姑孤苦伶仃,她没有儿子

父亲想把她接回娘家
安度晚年,但她死活不肯
她要照料残疾的女儿
守护她心中那一豆微弱的光

2021 年 12 月 5 日

大雪

大雪,纷纷扬扬

赶在深夜的路上

山上,田野,村庄

裹上白色的棉被

不泄露一点秘密

睡在旧瓦屋里

听见室外传来

"咔嚓,咔嚓"的声响

大雪,压断树枝

积雪,从树上滑落

没膝的大雪,封门

外面,银白色世界

雪地上,一行行脚印

向远处延伸

盛开的一朵朵梅花

找来竹篮和绳子

将绳子拴在竹篮上

用一根树枝撑起竹篮的一端

篮子里,撒些苞谷

远远地躲在隐蔽处

手里牵着那根绳子

几只饥饿的鸟,扑扇着翅膀

站在树枝上,伸长脑袋

犹豫地张望,像心虚的贼

突然,树枝颤抖

落下一团团雪

它们钻了进去

逮住几只斑鸠和花喜鹊

我们小孩子欢呼雀跃

逮住了冬天的尾巴

又去屋后的树林里,抓野兔

野兔是个机灵鬼

跑跑停停，左冲右突
累得我们筋疲力尽
这个短尾巴鬼
怎么也抓不到
它逗我们开心
嘲笑我们多么愚笨
直到笑红了眼睛

2021 年 12 月 5 日

比赛

高高翘起的牛尾巴

戳破蔚蓝的天空

四蹄溅起的泥土

刀砍木屑,四处飞迸

奔腾,奔腾,奔腾

越过一道道山岗,翻过一个个山坡

我们骑在牛背上,紧紧抓住缰绳

飞奔,飞奔,飞奔

离弦的箭,一直向前飞奔

一座座如黛的青山

惊恐地向我们身后迅速退去

山下的水库,吃惊地张大眼睛

远远地望着我们

缕缕炊烟,村庄的秀发

在风中摇曳,频频向我们招手
我们这些放牛娃,像发疯的公牛
一起飞奔,飞奔,飞奔

越过青草地,穿过灌木丛
终于到达巅峰
勒住手中的缰绳
向身后大声呼喊:
"我们胜利啦!我们胜利啦!"
脱下身上的白衬衫
挥舞,挥舞,不停地挥舞
挥舞着一面胜利的红旗

山风,吹拂着我们红苹果的脸
汗水,浑身蒸腾
莫道放牛娃只有——
寂寞和恐惧
我们进行的每一场比赛
都是放飞内心积聚已久的青春

2021年12月5日

舞龙灯

"咚咚锵,咚咚锵"
锣鼓声,隐隐约约
由远而近,越来越清晰
春节,夜深人静
点亮小山村黑夜的眼睛

"听,舞龙灯的来了!"
我们小孩子兴奋地跳下床
母亲点亮煤油灯,屋子里明亮起来

大门敞开,狮子从黑夜里
舞进了门,昂起头
眨着两只大眼睛,摇着尾巴
踏着铿锵的鼓点
头,对着龙灯

有节奏地舞动

堂屋，房间，厨房

哪里都舞一遍

最后，跃上堂屋的大桌子

滚绣球，精神抖擞，气宇轩昂

舞动，更加卖力地舞动

鼓点声，更加激昂

喜庆的气氛，进入高潮

父亲微笑着，给他们发红包

外加几条糕、几包烟

感谢深夜远来的狮子

消灾驱邪，赶走一切灾难

送来祝福、吉祥

好运连连

寂静的夜晚，整个小山村醒来

沸腾，家家户户灯火通明

狮子舞过的地方，焕然一新

2021 年 12 月 6 日

识

扛起锄头
走向青青的麦田
走进广袤的田野
走进如诗如画的童年
闪亮的锄头，斩断麦田里
一棵棵杂草的头颅
滴滴汗水，滋润着一行行葱郁

挽起裤腿
赤脚下到碧绿的水稻田
映着少年玫瑰的笑脸
弯腰仔细辨认，谁是一株稗子
毫不犹豫，将它从秧苗里拎起
清除队伍里的一个败类
挥动着的耘耙，吓走各种水草

洗漱后的水稻田，容光焕发
温润如玉，更加纯洁

在故乡的土地上，自小
锄头，教我辨认杂草
耙耙，教我分清稗子
我，是农民的儿子
我，是大地之子

2021 年 12 月 7 日

清晨

清晨,火红的太阳
爬上东边的山坳
好奇地望着寂静的小山村
万道霞光,照在村前的小山上
茂密的树林,穿上金色的衣裳
棵棵青松,像羞涩的新娘

汲水的大娘弯下腰
将木桶丢进深井里
使劲扯拽着绳子,一截一截往上提
桶里晃动的清水,在井沿上哗哗溢出
流淌着无数闪光的金子

洗衣的妇女,挎着一竹篮洗好的衣裳
步履匆匆,从水塘下来

莲藕般的胳膊，通红的手
拿着捣衣的木槌，三三两两
路边葳蕤的草丛，露珠打湿了裤腿
布谷，布谷；布谷，布谷
清脆的鸣叫声，从她们头顶掠过

一条条蜿蜒的田埂上，嫩黄的黄豆芽
拱开泥土，掀开盖头，探头探脑
吃惊地打量着田野
这个陌生、神秘的世界

山坡上，新瓦房的窗户里
传来朗朗的读书声：
Good morning!
Our beautiful village.

2021 年 12 月 8 日

山上放牛

黄牛,低头在山上吃草
一只蜻蜓飞来了,停在脊背上
蜻蜓飞走了,几只小鸟飞来了
在脊背,肩膀上
跳来跳去,叽叽喳喳
故意欺负着一个老实人
黄牛驮着它们,有些不耐烦
使劲摇动着尾巴,怎么也赶不走

我,坐在一块大石头上
独自一人,玩着泥巴
从水塘里寻到的那团黏糊糊的黄泥巴
捏了小汽车,又捏了火车
把寂寞和心思,全都捏了进去
不知什么时候,头顶上

停了一只花蝴蝶

这个不速之客

一开一合，扇动着翅膀

炫耀着美丽

蜻蜓，越来越多

低低擦过原野

密集地蹿来蹿去

像发疯的野狗

天空，阴暗

云烟，氤氲

不知哪来的风

在旷野里飒飒响起

冰凉的雨滴，打在脸上、脖子上

撑开雨伞，牵着黄牛

赶紧躲在一棵大树下

等待一场暴风雨的洗礼

2021 年 12 月 8 日

母亲的菜园

母亲的菜园,很大
大得十一口之家吃不完
母亲的菜园,很小
小得只够她一个人吃

山脚下,那一片碧绿的菜园
一块块菜地,一条条沟垄
母亲一直耕种,种了几十年
从靓丽的青春到苍苍的白发
洒下多少汗水,留下多少身影
白菜、莴苣、菠菜、茼蒿、辣椒
茄子、黄瓜、西红柿、冬瓜、豆角
……
母亲种过的菜,像天上的星星
我们怎么数,也数不清

翻地,锄草,间苗
在菜园的边边角角,搭建篱笆
让豆角、黄瓜、冬瓜、南瓜
长长的藤蔓,一齐爬上去
在菜地中央,零零星星
竖起几个稻草人

担去草木灰、鸡粪、猪粪
施肥,洒在地块上
拢起一个个大土堆
里面放进去干稻草、牛粪
点燃,烧火粪

母亲经常挑着粪桶
厕所里的大小便
一点也不浪费
全都浇在菜园里
把菜园养得肥肥的,碧绿葱茏
那是她心目中最美的春天

碧绿的菜园,将孩子们一个个养大
走出家门,走出村庄

喊云

像一只只小鸟,硬了翅膀
一个个飞离她的身边
父亲,一天天老去,离开
最后,只剩下她,孤寂的自己

直到古稀之年,白发苍苍的母亲
仍然挑着粪桶,颤颤巍巍
去山脚下的那片菜园
她用生命耕耘了一辈子

2021 年 12 月 8 日

训牛

黄牛,生了一头小牛犊
整天活蹦乱跳,像个淘气的娃
父亲,看着它一天天长大
心里像是喝了蜜

父亲抚摸着它的头
对它说:"你已长大啦
你看,你妈都快老了
干不动活了,你该接班啦!"
牛犊调皮地点点头
像是听懂了话

那天,下地前
父亲特意给它喂了煮熟的黄豆
它吃得香喷喷、喜滋滋

两眼放着光,一蹦三尺高
牵到地里,好奇地打量着父亲
和面前那架静静躺着的犁铧

父亲给它拉上套,赶着它
没走几步,像是受到惊吓
像离弦的箭,拖着犁铧
一路狂奔,父亲不停地呼唤
吓得丢了魂,好不容易逮住它
轻轻抚摸它的头,耐心跟它说好话
它,眨了眨眼,几滴眼泪掉下来

2021 年 12 月 9 日

夜纺

多少回，从睡梦中醒来
看见昏暗的煤油灯下
母亲，独自坐在
一辆木制的纺车前
一手，摇着纺车
一手，牵着一根长长的棉线
脚，踏着纺车
发出吱吱嘎嘎的声响

在那艰难困苦的日子里
母亲，白天忙地里的农活
喂猪，喂鸡，洗衣做饭
夜深人静，我们都已酣然入睡
她，踏着纺车，孜孜不倦地纺线

她种的棉花，纺成了线
织成了布，做成了衣
我们穿在身上，温暖如春
母亲的爱，一年四季
护佑着我们，她
洒下多少汗水
熬了多少不眠之夜

微弱的灯光下
母亲乌黑的秀发
又添了几根银丝
她深夜纺线的身影
变得又高又大
一座永恒的雕像
矗立在我幼小的心灵里
金碧辉煌，闪闪发亮

2021 年 12 月 9 日

红薯窖

朝阳的山坡下,我和哥哥
用短柄的锄头,打洞
红土壤,一点一点清理
掏出;掺杂其中的石头,一一搬走
一直往里打,洞,越打越深

像一口斜插入山坡里的深井
用箩筐,一筐一筐背出红色的泥土
洞,好大、好深
我们喘着气,湿了衣背
把所有的力气都用尽

秋天,父亲和姐姐挑来红薯
我和哥哥下到洞里
将红薯一个个码放

层层叠叠,叠叠层层
这些孩子啊,挪了地方
安了一个温暖舒适的家
无忧无虑,过冬
怎么不由衷地感激?

那些年,小山村
家家户户,除了粮仓
还有山坡下的红薯窖
即使遭遇饥馑,心里也不慌张

大雪,封门
开春,断粮之际
打开窖门,一股清香扑面而来
煮熟的红薯,慰藉着我们
那金灿灿,甜丝丝
胜过山珍海味,至今
在我的记忆里
飘香,回味

2021 年 12 月 10 日

秋天的枫叶

秋风,飒飒
像一首动人的歌,穿过
山洼里的枫树林
每一片枫叶
都被它唱红

秋霜,多么好的美容师
一夜一夜,精心打扮
每一片枫叶
都被它染得通红

一双双通红的小手
齐刷刷举起,高过天空
向秋天敬礼
像一簇簇火焰

喊云

点燃了半边天空

村妇们,手拿竹耙,背着大竹筐
争相去山洼里,去枫树林
不是去欣赏
她们的心中
满满一竹筐的柴火
远远胜过
最美的一幅风景画

那些放学回家的孩子
偶尔,仰起吃惊的笑脸
遥望着火红的山洼
燃烧的天空
沉思,发呆
心中,默念着一首唐诗

2021 年 12 月 10 日

找水

水库，水塘，哭干了眼泪
水井，吝啬得挤不出一滴水
水稻田的嗓子，冒了烟
身上出现一道道裂纹

小山村，人，草木……
都在喊渴
他们的脸上，全无水色
忧愁和焦虑笼罩着他们

找呀，找呀，快去找水
有个聪明人，将目光从人的脸上
找到了草木的脸上
发现山谷里、烈日下
一处草木，鲜活异常

砍去鲜活的草木
掘地三尺,往下寻找,一直挖
终于,流淌出一股清澈的泉水

喜讯,长着翅膀
很快传遍了小山村
家家户户,老老少少
挑桶,端盆,来提水
泉水,渗出得很慢
好久,才能汇聚成一小潭
他们排着队,依次俯身舀水
深夜,皎洁的月光下,挑水回家

附近村庄的人,挑着水桶
走了一二十公里
不辞辛苦,纷纷来取水
小山村的人,好奇地问:
"你们怎么知道我们这里有水?"
"因为你们村的名字叫泉水。"
村民们幡然醒悟,哈哈大笑
泉水,泉水,果真名不虚传

2021 年 12 月 10 日

竹林

瓦屋后面,那片杉树林消失
父亲,不知从哪里移来几株翠竹
繁衍生息,风风火火
不几年,茂密的竹林,掩映着瓦屋

竹林幽静,空气清新
鸟儿,在林中欢鸣,飞来飞去
一夜春雨,地上冒出许多竹笋
破土而出,披着坚硬的盔甲
黑着面孔,表情凝重
一个个不可侵犯的武士
个别成不了材的竹笋
母亲识破,一刀剁了
一道味道鲜美的农家菜

冬闲时节，砍伐几根高大笔直的竹子
请来篾匠，制作竹篮、竹筐、簸箕……
篾匠，系着围裙，嘴里叼着香烟
坐在小板凳上，用一把弯刀
把竹子劈得哔哔咔咔地响
劈成一匹匹薄如纸的篾片
一匹匹长长的篾片
在他怀里，欢快地跳跃
欢蹦乱跳的兔子
怒放的花朵，清香四溢

家住平原的亲戚，时常来我家
捎几根翠竹回家，当晾衣竿
像得到了值钱的宝贝，喜欢得什么似的

屋后，清凉的世界
竹子盘根错节，四处延伸
伸到屋基的深土层里
那天，突然钻出几根竹笋
在废弃多年的瓦屋里
堂而皇之，恣意妄为
撑破屋顶，瓦片掉落，透风进雨

更多的竹子,大胆结伴
合伙占领屋子,成了它们的天下

父母住了一辈子的瓦屋
千疮百孔,断壁残垣,危在旦夕
睡在山上的父母,惨不忍睹
我,曾在瓦屋里发愤读书
留下童年美好的印迹
现在,只能在记忆里
一次次寻找,回味

2021 年 12 月 11 日

种烟叶

那年,父亲突然心血来潮
像种水稻、小麦那样,种起了烟叶
一大块地里,长满了碧绿、宽大的叶子
像一把把撑开的绿伞

炎热的夏天,父亲戴着草帽
下地收割,一遍遍晾晒,储藏
每隔一段时间,取出几匹烟叶
向上面喷一些清水,用刀切成细细的烟丝
他的另一种食粮

父亲拿起一根浑身通黄的长烟杆
顶端,张开乌黑的小嘴
用两指从铁盒子里拈一小撮烟丝
小心翼翼地塞进烟嘴

划亮火柴，吸上几口

吐出一个个烟圈

烟圈里，飘升着一位仙人

父亲，抽旱烟，也吸纸烟

身上的衣服，烫成一个个孔洞

无数双看不见的眼睛

深夜，不停地咳嗽，气喘如牛

谁听见了，比他还要难受

母亲一直劝他戒烟

他，已被烟叶层层包裹

怎么也逃不出来

我从未给父亲买过烟

直到他走完了人生

他的失望，我的不孝

成了我终生的遗憾

至今，无法弥补

2021 年 12 月 11 日

暴风雨

窗外,刮着大风,下着暴雨
猛烈吹打着门前
几株高大的泡桐树
浑身颤抖
淡紫色的花朵,纷纷掉落
一大片,一大片,落满一地

父母在堂屋里吵架
气得砸缸,摔东西
风雨声淹没
母亲呜呜呜地哭泣
她的泪水,像掉落在地上
淡紫色的花朵
任雨水冲刷,流淌

多么艰难，多么不容易
我们这个十一口的大家庭
再也经不起任何的风吹雨打
父母含辛茹苦，九个子女抚养成人
一个个送进学校
盼望着哪一天，出个大学生
撑起这个苦难的家
但，一盆盆凉水，浇灭
父母心中一次次燃起的希望
母亲哭泣着说，家里出不了
一个大学生，我死不瞑目

我们，这些不成器的孩子
像缩头的乌龟，躲在房间里
一个个吓得不敢出声
呆呆地凝望着窗外
狂风暴雨，更猛烈地吹打着泡桐树
淡紫色的花朵，像悔恨的泪珠
纷纷坠落，在心海里
一大片，一大片

2021 年 12 月 12 日

路

小山村的路,弯弯曲曲

鸡肠子的山路

猪肠子的田埂路

牛肠子的泥泞路……

在这些肠子上,我

来来回回,走了二十年

两只脚底板,磨平

最后,终于走了出去

公路、柏油路、铁路,不见身影

拖拉机、自行车、小轿车

从不光顾,将这里统统遗忘

小山村的人,像一只只蚂蚁

进进出出,全靠身上的脚

小时候，记不清穿坏了
多少双母亲亲手做的布鞋
记不清多少回，鞋子被尖尖的石子
锋利的荆棘，扎破了底，划破了帮
刺疼了脚，流出了血
记不清有多少个阴雨天
走在泥泞的路上
鞋底，糊满厚厚的泥巴
被鬼缠住了脚

偏僻，闭塞，交通不便
卡住了小山村发展的脖颈
多少年来，小山村的人
祖祖辈辈，一直行走着
没有停歇，走到了今天

2021 年 12 月 13 日

夏日,午后

夏日,午后
蝉,在树上,一个劲地喊着热
没有一丝风,狗
趴在地上,伸着长舌头
大人们,躺在竹床上
做着白日梦
我们小孩子,没有瞌睡虫
跑到祠堂里,捉黄蜂
拿着玻璃瓶,远远地
走着猫步,瞪大眼睛
仔细观察,像是侦察兵

黄蜂,嗡嗡嗡
在陈旧、粗糙的黄土墙跟前
逡巡,不一会儿,钻进小黑洞

莫非像大人那样,要午休?
我们立马用瓶口堵住洞
一根小树枝伸进去
搅得它们不安宁
气得嗡嗡叫,垂头丧气
窜出洞,一头扎进玻璃瓶

我们立马盖上瓶盖
欢呼着,又抓到了一只大黄蜂
有时,它们负隅顽抗
蜇了我们的手,或头
疼得哇哇叫,我们
像坚强、勇敢的战士
轻伤决不下火线

抓住了一只大黄蜂
就是驱走了一次寂寞
炎炎的夏日,哭丧着脸
从我们童年美好的时光前
惊恐地逃窜

2021 年 12 月 14 日

照镜子

不是很大的一个池塘
横卧在山脚下
像绿宝石,镶嵌在村庄边
我坐在池塘边,手握钓鱼竿
照着这面美丽的大镜子

蜻蜓,在镜子上快乐地飞舞
蝴蝶,也赶来凑热闹,上下蹁跹
它们的影子,晃动在平静的水面
惊动了游泳的小鱼
惊恐地吐出一圈圈波纹
写下一篇历险记

一条水蛇,高昂起头颅
在水面上驰骋

张开嘴，吐着信子
像是要一口吞下这一片蓝天
一只青蛙，发出呱呱呱的鸣叫声
坐在池塘边的柳树荫里，害着相思病
绿色斑纹的大肚皮，一鼓一鼓
使不完的劲

我握着钓竿，坐在池塘边
照着池塘这面大镜子
一坐老半天，没钓到一条鱼
发着呆，镜子里
晃动着我童年的天真烂漫
无忧无虑，五彩缤纷

2021 年 12 月 15 日

教训

带着几本借来的连环画
去山上放牛,坐在石头上
迫不及待,打开《草原英雄小姐妹》
《半夜鸡叫》……
一块块磁铁,吸引着我的目光
钻进了另一座深山
时间和牛,九霄云外
日薄西山,收起
找遍整座山,不见踪影
像长了翅膀,飞走了
哞——哞——哞,我大声喊牛回家
只听见山谷里的回音

突然想起,可能溜进了水稻田
一丝恐惧,袭上心头
迅速向山下跑去

水稻田里，一团黄色的影子
心，凉了半截
青青的秧苗，勾走了它的魂

怒火，从棍棒上点燃
打一下，问一声
"还敢不敢偷吃秧苗？"
牛，疼得一蹦一跳，瞪着大眼睛
甩甩牛角，惭愧地低下头

傍晚，村子里的二婶气呼呼上我家
母亲答应赔她半亩秧苗
夜里，睡得正香，突然
被子掀开，带刺的荆条
雨点般落下，疼得我翻身坐起
双手抱头，哭着求饶
"下次放牛，还敢不敢让牛偷吃东西？"
母亲边打边怒斥，唾沫横飞
"不敢，再也不敢了！"
浑身，青一块，紫一块
几根尖刺，一道道血痕
像黄牛糟蹋过的水稻田

2021 年 12 月 18 日

夏夜

夏夜,小山村的天空很低
星星,落在山尖尖上
月亮,抚摸着屋顶
出洞的蝙蝠,翅膀划破天穹

满天的星辉,沐浴着黑黢黢的小山
无边的田野,奔流的小溪
朦胧的亮光,一闪一闪
黑夜的眼睛,青蛙
在村庄附近的水稻田里放歌
像打擂台的歌手,嗓门
一个高过一个,互不服气

萤火虫,在天上飞来飞去
提着一盏盏明灯,默默照耀着村庄
大人们,在屋前空地的竹床上乘凉

手里摇着芭蕉扇,喁喁私语
孩子们,在一起嬉闹,疯玩

夜深人静,有人看见远处山上
磷火闪烁,星星点点
鬼魂爬出坟茔,重返人间
忽然起风,飒飒作响
一阵大风,把屋外所有的人
都吹回了家

村庄,恢复了宁静
像睡过去的一条黑狗
后半夜,没有一点动静
露水,黑夜的眼泪
无声洒落在庄稼上
洒在挤满一条条小路的青草上
露着花肚皮,酣睡在小路上的青蛇
享受着如水的清凉
清晨,挑着柴火去赶集的村民
踩着它,浑然不觉
就像露水打湿了鞋子、裤腿

2021 年 12 月 18 日

看电影

兴奋几天几夜,终于
盼来一场饕餮盛宴
小时候,生活中,好像还没有比这
更令我激动、值得期待的

夜幕降临,丢下碗筷,扛起小板凳
呼朋唤友,匆匆赶路,星光下
吹着夜风,黑黢黢的山径
蜿蜒的田畈路,无论走多远
脚上起了泡,都不觉得累
也不觉得疼,一直走到
竖起白色幕布,一块大场地
心里的石头,落了地

灰色的苍穹下,星光满天

白色的幕布,终于生动起来
传来震耳的声音,坐在小板凳上
盯着幕布,敛声屏气
比在课堂上,更自觉,更认真
《铁道游击队》《白蛇传》
每放完一个片子,环顾四周
黑压压,人头攒动
人山人海,水泄不通
白色的幕布,像是黑夜里
大海上扬起的风帆

好长时间,夜里,噩梦惊醒
梦见鬼子进村,水漫金山
墓穴顿开,蝴蝶蹁跹……

2021 年 12 月 20 日

水井

喝着故乡的水长大
哪能忘记那一口口水井
清澈甘冽,琼浆玉液
滋养着我的童年、少年、青年
至今,那三口水井
像三只水汪汪的大眼睛
一直凝视着我,无论何时
无论我身处何方

村子中央,水塘附近
一口水井,像一颗闪闪的明珠
静静地镶嵌在那里
一边挨着水塘,一边紧邻水稻田
很小的时候,我经常去井边玩
在长满青苔、光滑平坦的井栏边逗留

听说,井里曾淹死一个小孩
心里非常害怕,以后去的就少了
不久,有人盖房子,井被填平
它,消失在我的视线里
就像那个倒霉的小孩
走完了它的一生

村子东面,以前生产队队部前
有一口深水井,我曾无数次光顾
和哥哥一起汲水,抬水,挑水
从小到大,我吃的就是这井里的水
离开村子多年,听说此地显灵
夷平,上面建了土地庙
昔日的水井,成了村民供奉神仙
顶礼膜拜的圣地,护佑着小山村
男男女女,老老少少,春夏秋冬

村庄最东面,有一口水井
离我家最远,上小学时
我经常路过那里,渴了
就去那里掬几捧清冽的井水
仰起脖子,咕咚咕咚,一饮而尽

清凉爽口,如饮琼浆玉液
那真叫一个痛快
那口井,至今尚在,风韵犹存
井壁长满青苔,水面漂着浮萍
它像一位沧桑的老人
见证着小山村的发展,变迁

三口水井,像三只水汪汪的大眼睛
无论何时,身处何方
多少年来,一直凝视着我
我,也深深记住了
小山村的名字
——泉水

2021 年 12 月 20 日

愿望

像一个人,茅草房,脱胎换骨
新瓦房,宽敞明亮
我和哥哥睡在一个房间,窗户朝北
每天,阳光进来了,又悄悄溜走
窗外的青草、小树林
染绿窗户,映入室内
像一幅天然的装饰画

墙角,蜘蛛任意结网
银丝织成的网上
挂着蚊子、苍蝇的尸骸,随风颤抖
长着许多脚的红蜈蚣
从泥巴抹的墙壁上
招摇过市,大摇大摆
翘着尖尾巴的蝎子

从床上逶迤而行,无视我们
好像我们都不存在
我常常凝视着床头边,墙上
贴的那几张旧报纸、宣传画
似懂非懂,朦朦胧胧,胡思乱想
外面的世界,多么精彩,多么神秘
……

夜里,雷电交加,风雨大作
一阵阵震耳欲聋的雷鸣
一道道强光刺目的闪电
把我和哥哥从睡梦中惊醒
照亮惊恐的面孔
我迅速用被子捂着脸,用手堵住耳朵
不敢看,也不敢听,这疯狂的世界
雨,猛烈地击打着瓦片,乒乒乓乓
像无数个鼓点,从屋檐上哗哗坠落
房间,开始漏雨,滴滴答答
幼小的心灵,种下了一粒种子
长大后,一定要住上不漏雨的房子
我小时候最大的愿望,慢慢长成了大树

2021 年 12 月 22 日

野趣

清澈的水塘，鱼群游动
奔流的小溪，虾群戏游
水稻田的淤泥中
泥鳅裹着棉被
像婴儿一样酣睡

带上三角形的丝网，竹箩
我，挽起裤腿
在水塘里，捕捞
捞上来的，只有荇藻
几只活蹦乱跳的大虾
和一只丑陋的癞蛤蟆
溪水边，移开一块石头
几只螃蟹落荒而逃，清澈的水里
灰黑色的田螺，三三两两，隐伏

在青苔包裹的石头上
用手伸进水稻田的淤泥里
一次次触摸,探寻
抓住几条泥鳅、几条黄鳝
手脚,有时触碰到水蛇的冰凉
像是触了电,恐惧一整天

裤腿糊满泥巴,脸上泥迹斑斑
提着一篓鲜活,揣着一丝甜蜜
像是体验了一次童话
想象着,中午餐桌上
多了一道美味、一缕清香
和母亲的微笑

回家的路上,白胡子爷爷见了
笑呵呵地说:"小鬼,泥鳅是山上
马尾松上的毛毛虫变成的。"
我信以为真,至今
面对一盘做好的香喷喷的泥鳅
举起筷子,犹豫半天

2021 年 12 月 25 日

烧火粪

烧起来了,一个个地烧起来了
无边的田野,那么多的土堆
那么多的烟柱,袅袅
升向天空,蔓延,连成一片
小山村,东洼、西洼、北洼
冬天,沥干水的一畦畦水稻田
变成了战场,一个个火粪堆
像一座座小型碉堡
是明年向水稻田夺取丰收的希望

父亲戴着草帽,扛着铁锹
像一位将军巡视战场
一会儿,用铁锹给冒烟的土堆培土
一会儿,给不冒烟的土堆点燃稻草
夜幕降临,烟雾融为一体

空气里,弥漫着牛粪

稻草和泥土的气息

不时传来爆裂声

像点燃了鞭炮,噼里啪啦

深夜,火光点点,像天上的繁星闪烁

黑夜的眼睛,小山村点亮的灯盏

2021 年 12 月 26 日

地龙

在黑暗的泥土里,钻来钻去
在没有阳光的土壤里,日夜耕耘
无论风雨,无论阴晴
我用柔弱的身子,一点点翻动
翻动一个世界,耗尽自己的一生
我,默默无闻,辛勤耕耘
让板结的土壤变得疏松
让贫瘠的土地变得肥沃
小草,在我的身上发芽,变绿
小树,在我的身上扎根,长大
在没有阳光的世界里
在没有喧嚣的地底下
我用自己的一生,耕耘
无怨无悔,奉献一切
哪怕粉身碎骨,在所不惜

我,从不需要别人想起

更不需要别人关注

生来就鄙视虚名

天生就是一个务实者、实干家

我亲吻着泥土,终生唱着泥土的歌谣

身上长满庄稼,绿草

美丽的鲜花,参天的大树……

那是大地对我最高的评价和认可

曾有人藐视我,歪曲我,甚至

将我从地底下掘出来,喂鸡,钓鱼

还用手指着我说:"看,蛇虫,多可怕!"

其实,我有一个好听的名字——蚯蚓

更有喜欢我的人,叫地龙

2021 年 12 月 28 日

蝉鸣

七月,太阳炙烤着小山村
像在烤熟一个红薯
比阳光更猛烈、更狠毒的是
山上树林里,传来一阵阵刺耳的蝉鸣
无数的蝉,在树上爬上爬下
放开喉咙,像架起的高音喇叭
拼命地喊叫,即使累得
脱掉了一层皮,还在声嘶力竭
大声叫唤,热呀热呀
人,已经听得麻木不仁
全当成了耳旁风
公鸡抬起头,望望山上,气愤地说:
咋比我的声音还大,一刻都不消停?
狗,仰着脖子,朝山上汪——汪——汪
吠了几声,以示强烈抗议

只有到了晚上，夜色似水
浇灭了烦人的噪声，小山村
才获得了一时的宁静
就像囚徒放风的时间
暂时获得了新生

2021 年 12 月 29 日

竹林放牛

村庄前,一大片蓊郁的竹林
中间,隔着小山冲,西高东低
一块块碧绿的水稻田
像绿色的地毯,紧紧围绕着

我,牵着黄牛,涉过田野
进入竹林,清脆的鸟鸣
清幽的世界,置身于世外桃源
牛,自由地去吃草
我,好奇地漫步于竹林
那些破土而出的竹笋,探头探脑
吃惊地打量着我,闯入它们的梦境
呼吸着新鲜空气,在竹林中逡巡
草丛中,发现几株嫩小的桃树苗
像是遇见了宝贝,心花怒放,激动不已

用手挖出,连土带回去,栽在房前屋后
心想着,三年后桃花开,吃桃子
多么美的一桩事

追着花蝴蝶,蹿入竹林的边缘
一座围着院墙的旧茅房,空无一人
低矮的门楼,宽敞的院子
萋萋芳草,阒寂无声
昔日,生产队的养猪场
已荒废多年,耳边犹响起
肥猪的哼哼声,坐在门槛上小憩
透过婆娑的竹影,眼前的水稻田
像流淌着的绿色小河
思绪,像一只鸭子,尽情畅游

2021 年 12 月 29 日

年味

一进入腊月,小山村的年味
一天天浓起来。小时候
盼星星,盼月亮
终于盼来了过年
好像生活中,没有什么
比过年更高兴的了

上街赶集,置办各种年货
磨豆腐,磨汤圆粉
做米面,做挂面
猪,嗷嗷叫,赶出了圈栏
水塘里的鱼,跃上了岸
腊月二十四,大扫除
屋里屋外,像洗了个澡
焕然一新,精心打扮一番

除夕下午,早早贴对联,贴门庆
母亲烧一锅糨糊,倒进脸盆
我端着糨糊,父亲和哥哥贴对联
大门、房门,贴对联、门庆
窗户,贴门庆、福字
连拴牛的旧瓦房,茅厕
也不遗漏,红红的
像一张张人见人爱的笑脸
寒风吹拂,门庆哗啦啦作响
像年发出的欢乐的笑声
我把自己写的几副小对联
一副,贴在厨房碗柜的门上
"自力更生,丰衣足食"
一副,贴在锅灶正上方
"福寿安康,五谷丰登"
生怕别人看不到,自我欣赏
一盯老半天,歪歪扭扭
父亲总是笑着说,真好看

2021 年 12 月 30 日

收成

一年将尽,小山村的人
坐在明亮的灯光下
扳着手指头,算着一年的收成
打了多少稻谷,收了多少小麦
村前,山坡下,一棵柿子树
对着朗朗的天空,总结
即将逝去的一年,甚至
回忆起漫长的一生

几十年前,一粒种子落在这里
生根,发芽,长成树
开着黄色的小花
秋天,红灯笼挂满枝头,照亮小山村
村子里的人,无论大人小孩,爬上树
争相采摘,连青的也不放过
埋在草木灰里,捂红

鸟儿，叽叽喳喳，来啄食
人来了，赶也赶不走
多少年了，都是这么过来的

然而，现在，它已老态龙钟
身上，几个黑乎乎的树洞
多年前留下的疮疤
半边枯死的树枝，失去了一个手臂
结的果了，一年年锐减
村子里的人，每次从树上摘了果子
对着它，评头论足："看，丑八怪！"
还用脚，向树身上狠踹几下
有人举起利斧，对准它的身子
晃了晃，骂道："不中用的老东西
一斧头劈了你，当柴火烧！"
它，流着泪，不敢再往下想……
每天，只有鸟儿陪着它，不离不弃
以树洞为家，陪它说话，给它唱歌
捉虫子。它不再寂寞
心里有了一丝慰藉
祈祷明年日子要好一些

2021 年 12 月 31 日

照洼垴

"小盒子""上照洼垴""四块板"
村子里的人骂人,直截了当,从不拐弯抹角
最狠毒的话,莫过于此

照洼垴,小山上的一处坟地
村子里死了人,要埋在那里
不过,还有许多其他坟地
每个家族都不在一处
它们像一个个大蘑菇
分散在一座座小山上

有些坟地,风吹雨打,年代久远
蘑菇,早已夷为平地
塌陷,黑窟窿
零星的白骨,无主的坟

坟地上，长树，长草
草，被牛、猪吃了
或是当作柴火，烧了
树，长大，砍了
建房，做栋梁，当檩条、椽子
或是打家具，制成床、柜、橱
桌、椅、板凳
小孩子手里玩的陀螺

村庄里的人，世世代代，祖祖辈辈
无论怎么走，都走不出村子
即使有的走出去了
最终，还是要回来的
活着，他们依靠树、草
过日子，和先人在一起，从未分离
死了，埋在村子里的小山上
某一处坟地，变成树，变成草
他们的灵魂不死，始终守护着村庄
千百年来，从未离开过

2021 年 12 月 6 日

别故乡

七月的镰刀,收割着稻谷的金黄
二十一岁的我,走出小山村
第一次出远门,孤鹏展翅
飞往大西北,远走他乡
就像父母手中断线的风筝
离家越来越远

父亲挑着行李,一头是编织袋装着的
半新棉被,一头是一个小木箱
我跟在他的身后,手里提着塑料袋
里面装着母亲煮熟的鸡蛋
还有几个青橘子、几个红苹果
走过空旷的田野,人们忙着收割稻子
没人注意到我们,我像夏天的风
悄然离开了故乡

走过熟悉的田埂路,蜿蜒的山径
一路上,父亲嘱咐我,"以后,你一个人
在新疆,一定要学会照顾自己。"
我喉咙哽咽,泪眼婆娑,含泪点点头

父亲将我送到乡上的车站,就回去了
我坐上客车,向县城驶去
又坐轮船,渡过长江,再坐火车
向西,向西,一直向西
六天五夜地奔波,最终抵达乌鲁木齐
漆黑的夜里,找到那所大学

我和父亲走后,母亲哭泣着出了家门
追赶着我们,一路呼喊着我的名字
她是多么不希望我离开家啊
孤身一人去那遥远的边疆
她哪能追赶得上我们呢
踉踉跄跄回家,几天几夜没合眼
一直担心着我——
远行的小儿子

2022 年 1 月 5 日

父亲来信

静谧的村庄
像一条酣睡的黑狗
雪花,在三间瓦屋上跳独舞
吐出一缕缕的思念
白色的窗户纸
闪动着煤油灯微弱的光晕

一位花甲老人
披衣下床
伏在油漆剥落的木桌旁
昏暗的灯光吻着满头银发
室外,呼啸的寒风
揪着一颗滚烫的心

一支半旧的钢笔

在信笺纸上沙沙作响

寂静的夜晚

奏响一首思念曲

三页纸,六百多字

没有一句多余的话

每个字,每句话

都填满沉甸甸的思念和牵挂

拿起旱烟袋

轻轻吸一口

一丝轻松的感受

卸下一块沉重的石头

一圈圈缭绕的烟雾

压住疼痛的咳嗽

写完信,看了一遍又一遍

生怕有了遗漏

搓搓手,跺跺脚

咳嗽几声

将信装进了信封

徒步几公里

来到公堰塌小镇

信，投进了信箱

心，也投了出去

半个月后，到了边疆

到了遥远的和田

到了一个年轻记者的手上

二十二年前，父亲写给我的

是第一封信，也是唯一的一封信

我一直珍藏着

滚滚红尘，茫茫人世间

还有什么比它更宝贵的呢

二十二年，白驹过隙

写信的人，早已去了远方

读信的人，依然泪珠闪光

思念和牵挂，像春天的绿草

依然活着，更加繁茂

以后的无数个日子

一想起父亲

就读一读他的来信

心中,便有了无穷的勇气和力量

2021 年 10 月 28 日

文具盒

小时候,家贫

我从来没有新书包

更没有新玩具

但,我有一个心肝宝贝

珍爱无比,一直带着它

三年级,成绩优异

评为"三好学生"

学校给我发奖品

一个精美的铁皮文具盒

漂亮的图案,像磁铁一样

深深吸引着我

弯弯的小河边,有座小木屋

一只大白兔,怀抱一根黄色的大萝卜

白色的河水,潺潺流淌

站立的大白兔,调皮可爱
多么美的童话世界
我喜欢得什么似的
哥哥想碰一下,我都不让碰
生怕弄坏了它

这个小奖品,像熊熊的火炬
照亮求学的路,一直激励着我
砥砺前行,更加刻苦,更加努力

从小学到初中,成绩一直优秀
一直当班长。大学毕业
走向工作岗位,又过了很多年
分别多年的同学,突然取得联系
一开口,习惯地称呼我老班长
我的心里热乎乎的
怎能不想起小时候
想起那个精美的文具盒——
人生中的第一个奖品
一座巨大的精神宝库

2021 年 12 月 12 日

杀年猪

猪,嗷嗷叫
叫了五十年
叫在逝去的岁月里
叫在现在的记忆中

自打记忆起
母亲就喜欢养猪,不得不养猪
无论住的是草屋,还是瓦房
房子的一侧,总少不了猪圈

我,已记不清从何时起
挎着竹篮,去田间地头打猪草
记不清到底打回了多少草
就像母亲记不清
她一生喂养了多少头猪
给猪喂了多少斤饲料

喊云

有时候,我和哥哥去水塘里
用一根长长的竹竿打捞水草
灰不溜秋的藤儿,相互缠绕
像一根根纠缠不清的铁丝

每年过年,要杀一头猪
众人进圈去捉猪
猪,嗷嗷叫
费了好大的劲
按到一个倒扣在地
椭圆形大木桶的底部
头下放着一个盆
白刀子进,红刀子出
猪,嗷嗷叫
往死里挣扎,挣扎到死

一年中,最期待的豪华餐
就在杀猪的这一天
孩子们,盼了一整年
就像母亲终于盼到了一笔钱

2021 年 11 月 30 日

除夕之夜

红泥小火炉，烟熏火燎
火焰吐着红舌头，舔着锅底
火红的年，搅动着我
年幼已久的渴望
除夕之夜，小山村溢满
美好，人间的烟火气

一张大桌子中央
火炉，众星捧月
十一颗星，十一口人
滚烫的锅里，翻滚着
碧绿的青菜、萝卜、海带
粉丝、芫荽、豆腐……
翻滚着一年的酸甜苦辣
火炉四周，相伴

大碗的鸡,鱼,鸡蛋
肉丸子,猪肉

父亲,笑眯眯,端起小酒杯
自斟自饮,不时用筷子
夹起冒着热气的菜,给我的碗里
夹一块大肥肉
"你能吃肉,平时能吃半斤
过大年,好好吃。"
没想到,居然公开了秘密
我羞涩地低下头,使劲吃
生怕他说的不是实话

母亲,用手擦了擦围裙
擦去了一年的灰尘和眼泪
向锅里添加鲜嫩的青菜
用筷子在锅里翻动几下
不一会儿,十几双筷子伸进去
青菜,在滚汤里翻了个身
就翻进了肠胃
姐姐又添加一些豆腐,肉丸子
还加进去一瓢汤,热气

升腾，袅袅的样子
就像这年，生生不息

每个人的嘴，吃得油汪汪、亮晶晶
脸，红润润，像贴了一层红纸
上面写满温馨的祝福和良好的心愿
父母，先说起这一年的收成
又说起我们小孩子，这一年的学习
他们说话的声音，很慢很慢
就像这年，姗姗来迟

多年后，我孤雁北飞
遥远的边疆，扎下根
小山村的烟火气
从此，存储在记忆里
红泥小火炉，在遥远的记忆里
一年年烟熏火燎
一年年翻腾不息
一年年冒着袅袅的热气

2021 年 12 月 16 日

刷桐油

父亲,一辈子
不知种下了多少树
就像他抽过的烟,喝下的酒
自己也说不清
有成片的杉树林,不少马尾松
栗子树、松柏、泡桐……
还有栽在山坡上的几株油桐

四月,高大的油桐开满鲜花
像厚厚的积雪压在树枝上
秋天,果子缀满枝头
等待父亲结满老茧的双手
去把它们一一抚摸

连绵的阴雨天

外面滴滴答答下着雨
父亲拿出用油桐果榨的油
家里所有的木桶、木盆
涂上了一层亮汪汪的金黄色
刺鼻的气味，弥漫
父亲，用戴着白手套的手
轻轻扇动着鼻翼，流下几滴泪

刷了桐油的木桶，木盆
金灿灿，闪着亮光
眨着眼睛，又活过来了
父亲欣喜地看着它们，脸上露出
笑容，桐花般灿烂

父亲最后一次刷桐油
是刷自己和母亲的寿材
前后刷了两三次
一次比一次，油光发亮
父亲，轻轻抚摸着它们
像是抚摸着呱呱坠地的婴儿

2021 年 12 月 15 日

煤油灯

多少年后,我回到小山村
看见房子附近的垃圾堆里
一盏煤油灯,大半个玻璃身子
裸露在外,在阳光下发着刺目的光
像是在叹息自己的不幸
不禁让我想起,小时候
在故乡,多少个寂静的夜晚
煤油灯,像亲密的战友
一直陪伴着我,形影不离

昏暗的灯光下
我埋头看书,写作业
夜深人静,打着瞌睡
哈欠连天,仍伏在微弱的灯光下
专心用功,丝毫不敢懈怠

半夜鸡叫，母亲催我上床休息
灯光，仍照着我孜孜不倦的身影
漆黑的夜里，灯光如豆
只要有了一点亮光，人生就有了希望

记不清有多少次
煤油耗尽，小心翼翼，添油
灯罩熏黑，用湿抹布反复擦拭
擦得亮亮的，一尘不染
屋子里，忽然刮进一阵大风
灯被吹灭，黑漆漆
陷入无边的黑暗，瞬间吞噬
我，经常手里端着灯
小心翼翼，从一个房间
走到另一个房间
一步一步，步步惊心

灯光如豆，像黑夜的眼睛
照亮着小山村
照亮我们的生活，人生
就像我们这个十一口之家
在艰难的岁月里，每个人心中

都点亮一盏灯,即使灯光微弱
光线昏暗,但只要心里有了光明
人生就有了希望
哪怕被风一次次突然吹灭
划亮火柴,再一次次点燃
在微弱的灯光里,艰难前行
走向希望的彼岸,光明的前程

2021 年 12 月 26 日

最后一次探母

七月,流火
阔别七年,又一次回到小山村
也是最后一次,看望年迈的母亲

那天,踏进家门
没看到母亲站在门前
翘首以盼的身影
她,躺在床上,已病了好几天
我放下行李,来到床前
母亲失声痛哭,伤心欲绝
我不知所措,也跟着流泪
从小到大,我见过母亲多少次哭泣
没有这次让我如此揪心,如此惶恐不安
上次回家,父亲健在
心想,母亲的痛哭

也许是失去了老伴

也许是日夜思念着我

这个远方归来的游子

也许是她失去老伴后

经历了生活中的种种磨难

这是一个谜，至今都无法解开

父亲走后，七十多岁的母亲

独自生活，上山捡柴火

挑着粪桶去菜园浇菜，去茶园采茶

像年轻时那样，不停地劳作，一天也不清闲

母亲老泪纵横，低声呜咽

我摸摸母亲结满老茧的手

又摸摸她长着黑指甲的脚

哭着安慰她："我回来了，不要哭了。"

隔壁二婶闻讯赶来，安慰母亲：

"看，儿子从新疆回来了，还哭吗？

应该高兴才是。"母亲打了几天吊针

退了烧，精神慢慢好起来。那天

她邀我去看她种的花生、豆角

小溪边，一块花生地，绿油油

她戴着草帽，站在地中央

用手指指这里，又指指那里
说花生长得很好，就是野猪经常来偷吃
水塘附近，她种的豆角从架子上
垂挂下来，她摘下一些，放在小竹篮里
从家到菜地，路上的草长得又深又密
几乎看不见路，母亲跟跟跄跄，艰难地行走
我说我要拿刀，把路上的草都砍去
母亲说，没必要，哪能砍得完

母亲曾经说，她辛苦了一辈子
从没上过大饭店。我说
这两天，就请你去镇上的大饭店
她又不愿意去，心疼我花钱
返回新疆的那一天
母亲去菜地里拔了一小捆
自己亲手种的青黄豆。我提着行李
动身，出发，她把我送出家门
站在门口，一直目送着我
走向屋后的小山坡

2021 年 12 月 27 日

第一次出远门

母亲,一辈子只出过一趟远门
父亲去世那年
为减轻她的痛苦,分散注意力
在江苏常州打工的妹妹
将她接了过去

像往常在家里一样
母亲每天忙忙碌碌
给妹妹带小孩,买菜,洗衣做饭
一天也不清闲
古稀之年的她,仍保持着本色

母亲不识字,带小孩出去玩
经常迷路,找不到家
小孩子差一点被骗子拐走

城市的阴影,母亲非常害怕

母亲经常去妹妹的工厂
看见妹妹夜以继日地干活
在缝纫机上加工编织袋,雨衣
打着瞌睡,通宵熬夜
妹妹每月孝敬她几十元钱
她感慨地说,花了有罪啊,于心不忍

在常州,母亲看见了城市的繁华
也看见了城市的伤疤
更看见了妹妹在外打工的辛苦
出一趟远门,她见了一回大世面

母亲只待了几个月
水土不服,总是生病
妹妹不放心
又把她送回了老家

母亲曾送给我一张照片
那是她在常州照的
照片上,母亲身穿夏天的衣裳

站在十字路口大转盘的雕像前
面容肃穆,神情镇静
像是忍受着内心巨大的悲伤

2021 年 12 月 12 日

喊云

做了一个又一个噩梦
经常从噩梦中惊醒
我,呼喊着他们的名字

在遥远的边疆
一晃,三十年过去
故乡,早已物是人非
四位亲人,我再也不能
把他们一个个喊回

在一个夏天的夜晚
父亲突发疾病
躺在三哥的怀里
永远闭上了眼睛

那个十月,那个金秋
没能留住母亲匆匆的脚步
她,还没来得及向大西北
看我最后一眼
就追随父亲去了
在父亲离开后的第七年

最可怜的是二哥
患了肝癌,到了晚期
还被当作胃病来治
一直被蒙在鼓里
像一个彻头彻尾的傻子
走的时候,只剩下
一副皮包骨头

大哥,退休才一年
在外地,返聘当电工
从两三米高的架子上掉落
后脑勺着地,造成脑死亡
一两天后,心脏停止了跳动

我爱了又爱的亲人

就这样,一个个猝然离去
远在新疆的我
没能给他们中的任何一个送行

我看见天上飘来的四朵云
急速地向西而去
我大声地呼喊,请它们停一停

2021 年 11 月 14 日

母亲的爱

想吃汤圆了
清晨,下厨,系上围裙
一袋元宵粉,几勺黑芝麻
一个个又大又圆的汤圆,铺在白布上

突然,想起小时候
每年正月十五
母亲不顾寒冷
早早起床,给我们做汤圆
熟悉的身影再也不能回来了

一个个又大又圆的汤圆
像母亲的爱,结实而饱满

2021 年 11 月 6 日

独饮

小时候，走过的路

平坦，或蜿蜒

坎坷，或泥泞

杂草丛生的小径

九曲回肠的田畈路

都已不见踪影，了无痕迹

被野草、树林填满

被时光一点点抹平

脚印、身影、气息

被风吹散，被雨洗尽

被无情的岁月带走

小时候，曾经种过的田地

那些青青的麦苗

那些碧绿如茵的菜畦

那些纵横交错的秧苗
那些黄澄澄的水稻田
都已不复再现
成为梦境,随梦
一天天走远
在岁月里,烟消云散

小时候,最亲的人
活着时的模样,音容笑貌
喜怒哀乐,一举一动
都被风送到遥远的地方
被无情的岁月,鞭打
血肉模糊,辨认不清
幻化为时光的烟云
消失在记忆的长河里

在边疆,远方的游子
中年,独饮逝去的时光
一杯,饮下童年
一杯,饮下少年
一杯,饮下青年
一杯接一杯,饮下

真实，虚无

苦涩，甘甜

2021 年 12 月 25 日

冬至

冬至，这天
如果在安徽老家
如果母亲还健在，她
一定会系上围裙，走进厨房
取出储存已久、亲手种的老南瓜
围着锅台，转上转下，忙碌小半天
做上一锅南瓜粑，给我们这些孩子
一个节日的惊喜

桌子上，一大盆南瓜粑
热气腾腾，我们这些孩子
围在桌子旁，争相伸手
像饥饿的雏鸟，张开嘴巴
拿起金黄的南瓜粑
美美地吃着，嘻嘻地笑着

啧啧地赞叹着,母亲精湛的厨艺
冬天里的肠胃,节日的气氛
温暖如春,包围着我们

母亲,默默地坐在一旁
微笑着,看着我们
用手擦拭着围裙
擦去脸上的汗珠
我们吃了一个又一个
香香的,甜甜的
金灿灿,软糯糯

母亲的味道
在每一个冬至,我们都会想起

2021 年 12 月 21 日

去外婆家

翻过一座小山,蹚过一条小河
走了好长的田畈路,穿过好几个村庄
再经过一个矿区,远远看见
炊烟袅袅,绿树掩映的外婆家
那里,是我小时候的向往
少年时的开心果
含在嘴里的一颗糖
藏在心里的一幅画

村庄里的狗很多,很凶
见了生人,汪汪叫,直往身上扑
吓得我躲在大人身后
晚上,经常做噩梦,惊醒
恶狗扑咬,或是蹚着汹涌的河水过河

外婆很老，躺在床上，呻吟

西沉的夕阳，风中的残烛

几乎没和她说过几句话，每次去

都是与舅舅的孩子一起玩

看他们有了什么新玩具

穿了什么新衣服

学习怎么样，成绩好不好

考上了什么好学校

好像他们身上，有我了解不完

理解不透的稀奇和神秘

去的时候，穿着一身新衣，新鞋

像是大人的小尾巴，提着竹篮

里面装着一些礼品

猪肉、米面、粉丝、烟酒、糕点

回来，也提一竹篮，回礼

去时，口袋空空

回来，装满了糖果、花生、瓜子

回家后，有人会跑过来问

去外婆家吃了几块肉

舅舅家招待得周不周

好不好玩，开不开心

像是参加了一个十分重要的外交活动

小时候，春节去外婆家拜年
年年如此，必不可少
就像老皇历，一年年翻动
至今，仍记得
那时我鼻梁上架着近视眼镜
舅舅的孩子见了，好奇地看着我
故意不叫我真名，一个劲地喊酒瓶底
至今，我还是酒瓶底
但已知天命，而年迈多病的外婆
夕阳已沉，残烛已灭

2021 年 12 月 19 日

最美的风景画

小山村,春夏秋冬
轮换着一幅画
无论哪一季,挂在墙上
都是最美的风景画

春风吹绿了小山村
春雨绵绵,溪水奔流
戴斗笠,披蓑衣的农人
下田扶犁,下地锄禾
布谷鸟,轻捷的身影
掠过村庄的上空
布谷,布谷
发出温馨的提醒

田野里,金银花牵着长长的绿色藤蔓
悄无声息地绽放

一簇簇金黄、洁白的花儿
幽幽的清香，弥漫
女人闻香而至，随意摘下几朵，别在发髻上
捎带一些回家，插在花瓶里

水塘边的柳树，垂下千万缕绿丝
在春风里轻轻荡漾，吻着波光粼粼的水面
一群鸭子，扑棱着翅膀，嘎嘎叫
在水面上嬉戏，觅食

山上的映山红开了
熊熊的烈火，日夜燃烧
青松、枫树、绿草
能受得了吗？
万一烧疼了，怎么办？
整个一座山都是映山红
这个巨大的盆景，你在哪里见过吗？

遥远的小山村，最美的一幅风景画
悬挂在游子的心坎上
一年四季，年年岁岁

2021 年 12 月 12 日

挂在树上的梦

中午,醒来
他吃惊地看见,自己刚才做的梦
居然挂在了树上,没有跑掉

窗外的那棵树
和往常一样,站在那里
开口和他说话
温软又低沉
和梦里的声音一模一样
掉落光的所有的树叶
原原本本地回到树身上
碧绿如茵,生机盎然

他,仔细看了看
树,突然变成了金黄色

树冠,披头散发
像梦中的那个人
面孔,有些模糊

树,慢慢地
一步一步地向他走近
他,有些激动
等着树走过来
像一个影子
在窗户上,突然消失

他,揉了揉眼睛
以为看花了眼
树,站在原处
一动不动
脱光了衣裳
肃立不语

2021 年 11 月 23 日

第二辑

鄯善

鄯善

是谁　一手劈开
两个世界

沙漠在左
绿洲在右

楼兰在西
库木塔格在东

蛋黄
流淌无边
绿色
燃烧不息

相望千年

紧紧相拥

从不越雷池半步

2021 年 10 月 17 日

赤亭之上

站在高高的赤亭上
我仿佛骑上了一匹枣红色的骏马
在七克台广袤的戈壁滩上一路狂奔
诡谲的历史风云,浩浩荡荡
从头顶飘荡而过

我看见,岑参蜷缩在冰冷的亭子间
摇头晃脑,吟诗作赋
漫天飞舞的雪花
覆盖了他来时的小路
我听见,身披袈裟的玄奘
端坐在泽田寺的台子上
敲响木鱼,高声诵经
抑扬顿挫的诵经声
淹没了寺外飒飒的风沙

脚踩尘土飞扬的废墟
抚摸一截截斑驳的断壁残垣
一种历史的虚无，痛彻心扉
沿着一口数十米深的古井
我试探着赤亭的历史纵深
千军万马的呐喊，嘶鸣
从井口喷涌而出

蔚蓝的天空下
一座通体赤红的小山
一个被时间遗弃的美人
被一圈圈铁丝网牢牢锁住
密不透风

目之所及，空空如也
只有——
唐朝的小草向我们问好
宋代的小花向我们致敬

2021年10月29日

罗布泊的鞋子

静静地躺着
只是不肯说话

其实,它有满肚子的话

满身的皱纹里
隐藏着整个楼兰的密码

它曾漂荡在烟波浩渺的罗布泊水面
像一只小鸟,轻快地滑行
矫健的身影惊飞了芦苇丛中的白鸥

它曾载着罗布泊人
在水面上愉快地捕鱼
听着动人的歌声

看见一条条活蹦乱跳的大鱼

揽入怀中

那是它记忆里最美好的一页

不知从何时起

主人悄然离它而去

化成了土，变成了灰

它亲眼看见烟波浩渺的水面渐渐萎缩

最终露出了污泥，变成了黄沙

城墙坍塌，牛羊哭泣

狂风大作，风沙弥漫

一夜之间，楼兰消失

它，一个被遗弃的孤儿

搁浅在废墟上

整整守望三千年

那是它记忆里最悲惨、最黑暗的一页

直到有一天

一个叫武宗云的探险者
在罗布泊找到它
把它带回来
安放在罗布泊历史博物馆

现在,武宗云指着它——
一只用胡杨树凿成的独木舟
给我们看
它一动不动地躺在地上
像罗布泊丢失的一只鞋子
但在我们眼里
它就是重返人间的楼兰

2021 年 11 月 5 日

站在库木塔格沙漠上

库木塔格沙漠,是一面镜子
我们每一个进去的人
都被它照得一清二楚

我们在沙漠上行走
就像行走在云端
腋下长出了翅膀
轻飘飘的,就要飞上天

我们坐在沙漠上
就像坐在庙堂上
面对沙漠
就是面对一尊大佛
此刻——
我们的心,无比虔诚

心胸,无比辽阔

我们站在高高的沙丘上眺望
看见了自己的灵魂
看见了自己的世界
这个世界里
住着一座城
一座陌生的城
一座熟悉的城
一座活生生的城
它离我们并不遥远
甚至就在我们的眼前

库木塔格沙漠,被挤干了水分
它没有躯体,只剩下干净的灵魂
它是一面镜子,照着我们每一个进去的人

2021 年 11 月 7 日

舟、云、桥、湖及其他

登上几米高的台子
站着说话,望着远方
指指点点,说说彼此的——
是是非非

他说——
我是悬在半空中行走的
那只小船
她说——
我是覆盖在大地上的
那片白云

滔滔不绝,絮絮叨叨
我也不甘示弱,打断他们的话
"你看!你看!
你是那座隐隐约约的大桥

她是那片雾气缭绕的湖水。"
"还有那游来游去的鱼
奔跑的马,移动的羊群
妖魔,鬼怪……"

语气激烈,话锋锐利
空气感到特别紧张
惊出了一身冷汗
我们用纸巾擦去脸上的汗珠

远处,库木塔格沙漠
摊开庞大的身躯
像一位饱经沧桑的老人,眯着眼
在裸露的阳光下打瞌睡
近处,一座高高竖立的大理石碑
偷听我们说话,并将内容悄悄刻在
"海市蜃楼"主标题的下方

烈日中,到来
阴凉中,离去
我们的心情平静如水
相视一笑,回到自身

2021 年 10 月 27 日

最美的夕阳

光线渐渐暗淡
库木塔格沙漠
像一天中慢慢安静下来的婴儿
天地间,巨大的黑色帷幕
正慢慢垂下

手拉着手,肩并着肩
欢声笑语,兴高采烈
我们一起奔向耸立云天的沙丘
去看最美的夕阳

深一脚,浅一脚
奋力向上爬,不时滑倒
挣扎着,爬起来
继续向上,向上,向上

就像生活中经常遇到的
我们从不灰心，绝不气馁
嘴里，不慎吃进了沙子
也不觉得一丝苦

登上高高的沙丘
就登上了人生的大舞台
我们向夕阳挥一挥衣袖
它默默无语，不予理睬
它要急着赶路，快快回家
给我们一个壮丽的背影
让我们自己去琢磨，去猜

有人在远处悄悄拍下
我们在沙丘上站成一排的照片
那一张张余晖中的剪影
正是我们要寻找的最美的夕阳

2021 年 10 月 29 日

歌声,飞出小院子

走进小小的庭院
就走进了一幅美丽的画卷

洒满阳光的院子里
一派生机勃勃
西红柿、辣椒、卷心菜……
甘拜下风
南瓜、葡萄、豆角、葫芦……
高高在上
各自占据有利地势,和谐共生

辣椒,举起火把
南瓜,挂起灯笼
西红柿,涨红笑脸
葫芦,吹起葫芦丝

共同唱响幸福美好的新生活

墙上,一座自制的挂钟
紧跟新时代的步伐
室外,一部自制的电梯
正在徐徐上升

葡萄架下,响起悦耳动人的旋律
欢快的麦西莱甫跳起来
舞步里,眼神里
流淌着新生活的喜悦和甜蜜

七十五岁的阿瓦古丽
八十一岁的买买提
春风,吹走了他们长期戴在头上的
那顶很不光彩的帽子
堆满笑容的脸上
找不到一条新皱纹

他们都是楼兰古国的后裔
新时代的农民
他们说——

党的好政策比哈密瓜还甜
幸福的生活，在自己手中创造
美丽的画卷，在自己笔下描绘

幸福的歌声，长着小康的翅膀
飞出庭院，在新迁居的
小村庄上空久久回旋

2021 年 10 月 31 日

邂逅长史亭

玉门关的春风
吹绿"我的田园"①
长史亭边的青草
染绿丝绸之路两千年

摸一摸每一根直立的圆柱子
就摸到了班勇的铮铮铁骨

闻一闻亭子边沁人心脾的花香
就闻到了班勇身上的英雄气概

听一听亭子上狂风的呼啸
就看见了班勇指挥的千军万马
在柳中大地上不息地驰骋

---

① "我的田园"——为鄯善县文联所在地,现已辟为一处景点。

腾起遮天蔽日的尘土
掩埋匈奴呼天抢地的悲鸣

一枚小小的东汉竹简
在司马迁的《史记》里
动情地诉说着——
车师的风雨,楼兰的烟云

2021 年 10 月 30 日

三个桥村素描

鲁克沁镇三个桥村
有很多很多的古树
密密麻麻挤满了几条街
许多树龄超过二百八
至今仍枝繁叶茂
少量的树是这些树的爷爷、奶奶
树龄三四百

每一棵古树都在诉说着一个动人的故事
1946年,一名解放军战士受伤
昏迷在一棵古榆树下
维吾尔族老大爷库尔班胡子
救治疗伤,送粮送水
解放军回部队前,在古榆树上写下
"平安树"三个字

修葺一新的农舍

精致的小广场，淙淙流淌的水渠

埋藏在地下的坎儿井

全都掩映在浓稠的树荫下

听不见鸡鸣狗吠

看不见奔跑的驴车马车

却不时传来小轿车的鸣笛声

村子里最大的家族特克家族的民宅

建于 1707 年，现已改建为村史馆

村史馆里摆放着农民的生产工具、生活用品

每一个老物件都与村子里的古树一样古老

这个当地赫赫有名的大商户

出了工匠、木匠、鞋匠、瓦匠、泥匠

如今，他们早已随风而逝，化为尘土

但村子里活着的那些古树都是他们的好朋友

一直思念着他们

2021 年 9 月 20 日

记号，或文明

是一种记号
更是一种文明

酒窖的入口处
储酒室的墙上
橡木桶的脸上
体态丰满，神态安详，衣着艳丽
她们像一枝，或几枝饱满的花朵
从遥远的楼兰古国飘来

万籁俱寂，夜深人静
全都活泛起来
用凝脂的玉手
一遍遍抚摸橡木桶
像抚摸熟睡中的婴儿

直到把楼兰的名字
抚摸得发亮
散发着太阳的光芒

在柏孜克里克千佛洞的墙上
她们沉睡千年
不知出自何人之手
她们醒来，与楼兰葡萄酒相伴
日夜厮守，形影不离
成为不朽的楼兰

菩萨，或是观音
楼兰葡萄酒的记号
楼兰古国的文明

2021 年 11 月 11 日

一个油画家的大写意人生

泼吧,泼吧,尽情地泼吧
泼出谜一样消失的楼兰古城
泼出绚丽多姿的胡杨魂
泼出二十多年来,一百多次
探险罗布泊的生与死
泼出一个大写的名字——
武宗云

泼吧,泼吧,尽情地泼吧
泼出心目中最美的楼兰
最美的罗布泊
泼出快意、传奇的人生
每一笔,每一画
都飘荡着楼兰不死的灵魂

泼吧，泼吧，尽情地泼吧
即使泼了几百公斤，甚至
一吨，或是几吨的墨
那一幅幅大写意的油画
比墨更重
比死去的楼兰更轻
那一幅幅大写意的油画
就是他大写意的人生

2021 年 11 月 16 日

羊驼

我知道你们从没见过我
即使见过
也只是在电视、手机上
但我知道你们都认识我
甚至都能叫出我的名字
——羊驼

每天清晨,我孤身一人
在寂静的院子里,沐浴着朝晖
慢慢地吃草,悠闲地散步
时常抬头,看看蔚蓝的天空
感到无比惬意

这个时候,你们总是喜欢来打扰我
有的拿着一片青菜叶子

有的拿着一串紫红色的葡萄

有的拿着一朵鲜花

尽情地逗弄我

更多的人举起了手机

纷纷给我拍照

其实，我真的不稀罕你们做这些

你们所做的一切，纯粹是多余

因为你们永远不懂我

我一直都在用异样的眼光打量着你们

正如你们一直用好奇的眼光打量着我

2021 年 9 月 19 日

第三辑

雪花的眼睛

六尺巷

左脚,踩疼了张家的地基
右脚,踩疼了吴家的地基
其实——
我的两只脚,最后
是踩在一张窄窄的信纸上
是踩在一首宽宽的诗歌上

二〇二〇年,四月的一天
我们一走进这个巷子
心,就豁然开朗起来
由三尺,忽然变成了六尺

走出巷子,顿觉眼前的
天空,变得更加辽阔
春天,变得更加美丽

站在刻着一首诗的石头前
我深情地念着这首诗
讲了一个动人的故事
儿子听得很认真
很快就长大了，长高了

2021 年 11 月 15 日

浮山

唤醒名字,在梦中
多少次,已无法记清

纽带一旦系上
就永远无法被解开

牵挂的青草,割了又割
思念的种子,已长成了大树

四年的抛物线
三十年的长度
继续在增加

渐渐衰老,愈加清晰
在时间的画廊里

相互争夺，交替呈现

高中，那些美好的瞬间
都交给了每一个日子
反刍，咀嚼

2021 年 10 月 17 日

托克逊的风

又是一夜的大风,吹得人心惶惶
有人担心——
吹走了窗户,吹走了门

风,把托克逊的名字吹得很远
吹进竺可桢《向沙漠进军》的科普文章里
吹进中学语文教科书里
"……托克逊……是著名的风口"

吹进岑参的《银山碛西馆》
吹进他流传至今的诗歌里
"银山碛口风似箭"
"飒飒胡沙迸人面"

风,掀起玄奘的衣襟

将他吹到遥远的印度

风,吹疼了托克逊
但无论怎样吹
无论吹了一千年,还是一万年
即使把一座山吹得千疮百孔
吹成一扇扇窗户
即使把一个小孩吹上了天
几天几夜找不回
也吹不走托克逊
也吹不死托克逊

风,也吹不走一个人——
谪贬边疆的林则徐
将他挽留在托克逊行馆
小住三日
为黄冕写下千古名联
"西塞论心亲旧雨
东山转眼起停云"

2021 年 11 月 5 日

托克逊的冬天

当风的伞慢慢收起
小树早晚大声喊:"加衣!"
当西瓜、红枣、哈密瓜、花生……
还没来得及从餐桌上落荒而逃
温暖的阳光——
美味佳肴
就成了最好的午餐
托克逊人大饱口福

天上的蓝毛巾——
是上帝送来的最好的礼物
托克逊人留着它
哪里还舍得扔
用来擦夏天滚落的汗珠

2021 年 11 月 4 日

白鹭还乡

戏水,欢叫,嬉戏,觅食
……
一群又一群
远看,像一丛丛盛开的白莲花
绽放在天山南麓的白杨河畔

奔腾不息的河水
从"一川碎石大如斗"的达坂城
逶迤一百六十余公里
穿越天山腹地
蜿蜒来到托克逊
穿城而过

河水浇灌着一望无际的麦田
点亮棉花,育肥牛羊

千百年来,母亲河的血液流淌
在托克逊人的血管里

曾几何时
河水泛滥、肆虐
毁坏农田和庄稼
冲走房屋和牛羊
……
留下至今难以愈合的创伤

清晨,我漫步在白杨河畔
风,吹过一大片一大片翠绿的芦苇丛
河水碧波荡漾,清澈见底
远远看见
一大片不知从何处飞来的鸟儿
栖息在河畔,畅游
在它们心目中的乐园

轻轻地,轻轻地走近
终于看清楚了
那是白鹭
是成群成群的白鹭

心中不由得涌起一阵窃喜

哦，白鹭！白鹭！
终于又见到了白鹭！
这些美丽的天使
重新回到了久别的故乡

举目眺望
远处的高山变成了金色
沐浴在万道霞光之中

2021 年 10 月 5 日

四季槐花

炎炎烈日,几枝紫红色
在小区居民楼下的树枝间
寂寞燃烧
眼前,一道别致的风景
无意间,一个新大陆

白杨河公园的槐树林
垂挂的紫红色
星星点点,隐隐约约
在秋风中闪动
是谁的眼睛
在绿色的夜空中眨呀眨

迟到的精灵
紫红色的名义

从春返回到夏

从春回归到秋

一次灵魂的复活

一次惊人的万里长征

是春天的弃婴

是暮色中步履匆匆

没赶上火车的行人

是调皮捣蛋，追不上爹娘脚步

失散的顽童

不，不，他们不是弃婴

不是行人，更不是顽童

他们是英勇顽强的钢铁战士

是历尽千难万险的苦行僧

信念，在炉火中反复锤打

铸成一朵花的造型

从春天启程

永不停歇的脚步

追寻到夏，到秋，到冬

三朵槐花

三生三世的轮回
春天，绚丽的身姿
夏天，不甘寂寞的倩影
秋风中，甜美的笑容

还有一朵
开在刺骨的寒风里
雪花飞舞的天空中
比雪花还白
开在色彩斑斓的梦境里
比桃花还红

2021 年 10 月 26 日

黄昏

夜色渐渐安谧
像一个巨大的容器
收集鸟鸣

天山瑟瑟发抖
寻找黑色风衣
将身影慢慢隐藏

白杨河慷慨解囊
流淌无数白银

黄昏举着
巨大的鞭子
向一个方向
拼命抽打

有气无力的夕阳

一棵树,高过天空
静静俯视
一盏月光,从枝丫间
泄露
整个秘密

2021 年 10 月 16 日

雪花的眼睛

下起了漫天的大雾
乌鲁木齐,像个顽皮的小孩
很快隐藏了起来
晚上,雪花开始飘飘
与小孩捉起了迷藏
飘了一个早上,又飘了一个上午
还没有停的迹象

一位老人,拄着拐杖
步履蹒跚地穿行于纷飞的雪花
一步一步地向家走去
刚从银行取出的一大沓钞票
放在背着的挎包里
像是贴身的棉袄
温暖着他晚年孤独的心

喊云

一只苍老的板凳狗,翘着一条腿
一瘸一拐地从雪地上匆匆走过
浅浅的脚印
很快被落下的雪花埋没
它的眼神黯然
像一道渐渐熄灭的光
忧郁,悲伤,又凄凉

雪花,还在天空中飞舞
她俯视着茫茫的人世间
无论是老人的微笑
还是狗的叹息
她都看在眼里
没有谁,能逃过她的眼睛

2021 年 11 月 18 日

一朵花的辽阔,一朵花的白

天山之南,天山之北
一朵花,辽阔的白
像一片片凝固的白云
落在六分之一的国土上

你挤着我,我挨着你
像兄弟,似姐妹,亲亲密密
和着烈日,和着汗水,和着希望
在春风里,茁壮成长
在秋阳下,绽放最美的笑脸

衣的温暖,被的舒适
是一朵花的粉身碎骨
是一朵花的依恋
是一朵花全部的爱

喊云

谁没有切身的体会

纵然,世上有千万种花
谁能比得过你——
新疆的棉花
你的洁白,你的温暖,你的舒适
成就了多少人的梦

突然,从西方伸出来的
一只不怀好意的黑手
让你有些猝不及防
但你的圣洁的白,把他挡了回去
像一只缩头的乌龟
惭愧地低下了头

在辽阔无垠的新疆大地上
那一朵朵绽放的花儿
就是一盏盏明亮的灯
七大洲五大洋的心
一下子全部亮堂起来

2021 年 11 月 3 日

在乌鲁木齐,看一场雪

一场雪,我已等候多年
哪怕是一场小雪
我,已用足够的信心和耐心
把一场雪慢慢养大
哪怕是一场小雪

在托克逊,十年了
很难见到雪的身影
哪怕是一场小雪
只能在脑海里一遍遍回忆
故乡的雪,且末的雪,和田的雪
就像一遍遍回忆久别的恋人

为了一场雪
我常常去梦中追寻

却难觅她的踪影
向北，走上一百六十公里
翻过巍巍的天山
在乌鲁木齐，看一场雪
哪怕是一场小雪

2021 年 11 月 22 日

晒太阳

吃过午饭
散了一会儿步
就坐在一棵古榆树下
晒太阳,这地方
离我们住的宾馆
并不远

中午,阳光真好
气温,七摄氏度左右
浑身暖洋洋的
像母亲久违的爱

古榆树,叶子枯萎、凋零
它的一大坨黑褐色的眼泪
不知什么时候,掉落下来

落在我们坐的大理石上
散发着亮晶晶的光
好像古榆树丢失的眼睛
在好奇地看着我们

旁边，一个门牌上
写着"古铜张"字样的大门前
一对硕大、威武的铜狮子
雄踞在大门的两侧
浑身被时光涂满了暗黑色
只有嘴里的两颗牙齿
被摸出了黄铜色
金灿灿的，像是冬天的一缕阳光
被遗忘在狮子的嘴巴上

那眼泪，那牙齿
在十一月的乌鲁木齐街头
独享着温暖的阳光
那么的惬意，那么的美好
就像此时的我们，独坐在
洒满阳光的古榆树下

2021 年 11 月 14 日

城与路

一座巨大的城,还在不断变大
一条长长的路,还在不断变长
城,古老而年轻
路,很旧又很新

像一根根巨大的神经
由南指向北,由东指向西
触须指向一个个点
孕育生命,生长着年轻

日的枝头
月的花朵
年的硕果
散发着优美牧场①的芬芳

---

① 优美牧场——乌鲁木齐,蒙古语,意为"优美的牧场"。

一条繁华的路,一座繁荣的城
存储着我三十年前的记忆
我的身影,我的足迹
我的笑声,我的眼泪
像春天里的野草
一年年变绿,一年年变青

路,延伸着下一代人的希望
城,描绘着未来的图景
像刚刚诞下的婴儿
从头到脚,都是新的

不断变大的城
不断变长的路
像跃出海水的蛟龙
从中亚腾空而起
飞向无边的辽阔
飞向无限的未来

2021 年 11 月 11 日

天气有点冷

下班回家,小区菜店附近
一对老年夫妻在无声地叫卖
他们一点儿也不觉得冷

后备厢敞开着
玻璃缸里,游来游去
红色塑料袋,开膛破肚
生与死,两个价

那男的说:"天气冷了
罗非鱼养不活,尽快出售。"
玻璃缸和塑料袋都假装没听懂

菜店的老板听懂了
赶紧跑出来,买了一条

她说:"罗非鱼很好吃

比乌鱼还便宜

今晚就吃罗非鱼。"

蠢蠢欲动,扫码

名字叫幸福女人

眼神里含着一丝丝的冷

一锅红烧鱼

鱼肉,鱼汤,味道鲜美

我和妻子美滋滋

第一次,下次还想

妻子也是

不禁回想起

那个男人说的话

和那个幸福女人的冷

天气有点冷,难道罗非鱼就该死了吗?

2021 年 10 月 23 日

中年书

中年的银行卡

余额,已越来越少

生活的皱纹

从额头慢慢爬到了掌心

偷走健康的岁月

提前送来衰老

心中犹存的渴望

像熊熊燃烧的火苗

被风沙卷去的忧伤

像秋天纷飞的落叶

心中的一缕阳光

依然像鲜花那样芬芳

擦去彷徨的泪水
脱去青涩的衣裳

歌声是多么嘹亮
每一首都闪耀青春的光芒
风霜的脚印渐行渐远
每一行都写满无比的坚强

站着,是巍然屹立的白杨
倒下,是奔腾不息的长江

2021 年 10 月 21 日

我的世界,已渐渐奇妙

我的世界,已渐渐寒冷
辽阔的江面,千里冰封
见不到一条游来游去的鱼

我的世界,已渐渐寂静
宽阔的街道,空无一人
见不到一个美丽的身影

我的世界,已渐渐荒芜
希望的田野,杂草丛生
见不到一株茁壮成长的禾苗

我的世界,已渐渐衰老
明亮的镜子,落满灰尘
见不到一根黑色油亮的秀发

我的世界，已渐渐奇妙
身上，流出塔克拉玛干的沙子
嘴里，呼出托克逊的风

2021 年 11 月 3 日

我,仍然是个记者

——写在第二十二个中国记者节

巴州最偏远的县
——且末
塔克拉玛干沙漠南缘
——和田
有一个忙碌的身影,在那里晃动
先晃动了三年,又晃动了十七年
那不是虚幻的影子
而是真实的影子

我的第一份职业
我的第一篇文章
我的二十年最美的年华
上面,只写着两个字——
记者

二十年里
我写下了多少文字
自己已记不清
但,我写下的那么多文字
都被别人一个个吃掉
消化,吸收
其实,他们吃掉的
只有一个字——
真

和田报社记者合影纪念相片上
少了一张熟悉的面孔
已有好多年了
《和田屯垦报》上
再也不会出现
一个熟悉的名字
已有好几年了

即使我的五六十个获奖证书
成了昨日的鲜花和掌声
即使我的主任记者职称证书
成了一文不值的废纸

但我离这两个字
并没有走远
至今,我仍然是个记者
因为我的良心上永远刻着一个字
——真

至今,我忙碌的身影
仍然还在晃动
晃动在微信上,晃动在朋友圈
不过,它已不是一个孤单的身影
而是变成了千千万万个身影

2021 年 11 月 8 日

一份特殊的礼物

不送黄金,也不送白银
在曾国藩的内心深处
金银显得多么庸俗不堪

反复掂量,仔细琢磨
在庆祝寿诞的那一天
将一红一白的我
双手敬献给
亦师亦友的刘福庆

我知道
我来自遥远的故乡洛阳
人们都说我雍容华贵
国色天香,富丽堂皇
可谁知道,我的枝枝叶叶
红红白白的每一朵都写满了

曾国藩似海的恩情

我最初进的是深深的庭院
后又来到偌大的刘氏祠堂
一百六十八年的风吹雨打
我依然国色天香，倾国倾城

我的身上至今流淌着
曾国藩双手灼热的余温
我每一天都深情聆听着张集
百万头猪
百万只鸡
万余亩杨树林
砖窑厂机器
……
的纵情歌唱

我——
寓意着吉祥富贵，繁荣昌盛
我——
是中华民族兴旺发达
美好幸福的象征

2021年7月26日

面孔

我,走了这么远的路
去找你,以为抓住了
一根救命的稻草
你,冰冷的面孔
像是泼向我心头的一盆凉水

我跑上跑下,费尽口舌
掏出不少银子,还要和机器接吻

和你一样,机器
也是摆出一副冷冰冰的面孔
它,不会说话
只会吐出几张明晃晃的片子
和几行蚂蚁一样的文字

我拿给你看

你又换了一副面孔

我忐忑不安地走出来

看见外面坐着的

那么多冷冰冰的面孔

2021 年 11 月 13 日

一场小小的灾难

墙壁突然变黑

墙角的蜘蛛网黑黢黢

弥漫着刺鼻的焦煳味

我仿佛走错了地方

迷入了陌生的梦境

102室的女主人用毛巾反复擦拭熏黑的防盗门

像是要擦掉她脸上的愤怒

在水盆里用力搓洗脏毛巾

毛巾滴下的墨汁

是她痛恨的泪

男主人手举沾满石灰水的大刷子

一遍遍刷墙,墙壁慢慢变成了白纸

心里,一点点明亮

装满石灰水的塑料桶
掺着无声的咒语

我问:"怎么回事?"
那男的说:"不知道是谁把烟头
扔到了我家防盗门前的垫子上,着了火。"
用手比画着,像是扔出去一个炸弹
那女的接上话茬:"当时我们都不在家。"
颤抖的声音里,有无尽的悲凉

2021 年 10 月 24 日

窗外

坐在四楼办公室的电脑桌前
他时常走神
时不时地透过窗户
向外深情地眺望

近处,繁华的街道
每天川流不息,人来人往
远处,雾霭笼罩的天山南麓
灰蒙蒙的一片

只有山脚下
那座擎天的大烟囱
在蓝天下显得特别醒目
每天都像磁铁
吸引着他灼热的目光

几天前,刚刚大学毕业的儿子
进了大烟囱所在的那家工厂
开启了新的人生旅程
点燃了新的希望

他每天都向窗外眺望
凝视着远方的大烟囱
袅袅升腾着的白烟
是他此刻的心绪
儿子二十多年的过往,点点滴滴
一齐漫上他的心头
荡漾,萦绕

2021 年 11 月 6 日

我们都要好好的

这么多难忘的日子
都扳着手指头
一个个地熬过来了
我们每一个人
还没擦干净脸上的阴霾

在一场噩梦中,惊醒
在一场噩梦中,跌倒
在一场噩梦中,奋起
在一场噩梦中,搏斗

终于,我们一个个醒来
抚摸着心中的忧伤
倒下的亲人,猝不及防
我们用泪水,默默地送去远方

神州大地，吹响了战斗的号角
白衣战士，紧握手中的钢枪
一次次打退豺狼虎豹
驱走我们心中的恐慌

腾挪扑噬的猛虎
张开血盆大口的恶狼
无论怎样肆虐
怎样狡猾，怎样猖狂
我们——
已不再恐惧，不再忧伤

一个个没有硝烟的战场
惊心动魄，荡气回肠
一场新的战争，快打了
两年的时光
我们——
已不再疲惫，不再彷徨

我们都要好好的

2021 年 11 月 22 日

鲁院小记（组诗）

十月的校园

金秋十月，鲁院静谧
如素净、文雅的少女
院子里的银杏树
在秋风中频频招手
欢迎来自祖国四面八方的我们

偌大的银杏树下
我们微笑、握手、拥抱
站成各种造型，一次次留下倩影
欢声笑语，溢满小院

走进期盼已久的鲁院
就走进了神圣的文学殿堂

聆听大师的谆谆教诲

心胸忽然明朗

眼前拨开了云雾

在文学的海洋里畅游

朵朵浪花在心中激情飞扬

短短二十天的相聚

眼界大开，神思飞扬

欢聚的日子苦短

别离的日子太长

我们都在同一个群里

随时互诉衷肠

当院子里的银杏树又沐浴着秋阳

金黄色的蝴蝶又开始翩翩起舞

飞舞在三年前的那场梦境里

那一只只金黄色的蝴蝶至今仍记得

我们来时的笑容，依依离别的背影

2021年11月4日

遇见文学大师

在鲁院,见到很多文学大师
名字如雷贯耳,为我们久仰
他们中,很多人已经远去
他们的光辉足迹
我们一直在苦苦追寻

参观中国现代文学馆
徜徉在文学的海洋里
从"五四运动"新文学启蒙
到蓬勃发展、繁荣昌盛的新时代文学
浩瀚的文学天空里
他们的名字,灿若繁星
陈独秀、李大钊、鲁迅、郭沫若
茅盾、巴金、老舍、曹禺、王蒙、莫言
……
永载史册,彪炳千秋

代表作、手稿、相片、实物
一本本,一册册,一幅幅,一件件

都在无声地诉说

奋斗，泪水，成功，喜悦

锦绣文章，不朽功勋

都被时间一一定格，铭记，珍藏

院子里，一座座栩栩如生的雕像

掩映在绿色的树林中

矗立在绿草如茵的草地上

时光倒流，人生重来

大师们又回来了

回到鲁院，回到了我们中间

朱自清坐在荷塘边，静静地看月色

赵树理背着手，边思考，边行走

身后跟着一头小毛驴

上面坐着个俏女人

丁玲一身灰色八路军装

神采奕奕，威风凛凛

看太阳照在桑干河上

巴金背着双手，陷入沉思

岁月掩不住脸上的沧桑

郭沫若双手腾空举起

浓浓的诗意在胸中燃烧

激情难抑,兴奋不已

……

一座雕像,就是一座文学的丰碑

我们敬仰,膜拜,追寻

接过他们手上的火种

将文学之火燃烧得更旺

2021 年 11 月 4 日

百草书屋

在鲁院的一角

与食堂并排

有一个我们闲暇常去的地方——

百草书屋

书屋,虽然不大

却是我们人人都喜欢的地方

在那里,我们尽情享受精神的食粮

书屋的大部分,都被各种文学书占领

我欣喜地看到

许多以前从未看到过的书
像是在深山里发现了宝藏

书屋的小部分,是阅览室
摆放着一些茶几、桌椅
我们时常小聚,在这里
把盏品茗,切磋交流
屋子里,欢声笑语
友谊的种子播进了心田

这里,虽是一方小小的天地
却是精神的高地,文学的殿堂
南腔北调的我们,倍感温馨
这个地方,虽然不大
却在我们心中占据了重要位置
就像鲁院的一枚小小的校徽
佩戴在我们每个人的胸口上

2021 年 11 月 20 日

元旦

清晨,睁开眼,九点多钟的阳光
吻着窗户,伸出温暖的手
紧紧握着五十三岁的我,不松开

新年第一天,应该干点新鲜事
妻儿都在做梦
系上围裙,煮稀饭,清炒一盘藕丝
热一热去年的剩饭菜

去年,最后一天,忙得只吃了两餐
饥肠辘辘,先吃吧,不等他们
喝去年的剩稀饭,吃去年的花生米、黑米粑
把去年全吃进肚子里,一扫而光
不留一点痕迹,不留给任何人
无论酸甜苦辣,悲欢委屈

吃藕丝,一丝丝,几小口
初尝了今年的滋味

边吃,边看手机
朋友圈,跳出来的全是祝福
真诚祝福他人,感恩感谢
也有借机炫耀,大肆显摆
和手机那头,点点头
坐床头,半身拥被,饭后
继续听《流沙河诗话》
读几页,想写诗,续去年的
《故乡(六十七)》
大米,所剩无几,下楼,去超市

2022 年 1 月 1 日

坐火车

坐在急驰的火车上
就是坐在不断蠕动的蛇腹里
蛇,奋力地爬行
蛇骨,一节一节地蠕动
我们的心,一阵一阵地喊"疼"

车厢,很多,也很窄
在两根蛇骨间
挤满了人
我一个人,和另一家人
同在一个包厢

那个抹着口红的漂亮女人
每隔一段时间
就拿出酒精,喷口罩,喷手

喷她自己的,也喷丈夫的
也喷女儿的

我没带酒精,只戴了口罩
夜里,我用梦液
学着女人的样子
使劲喷口罩,喷手
也喷在上班妻子的
也喷在上学儿子的

我们坐在蛇腹里
蛇骨,一节一节地蠕动
我们的心,一阵一阵地喊"疼"

我们都不知道,什么时候
是从哪里出发的
但我们都知道终点站
那里,不需要戴口罩
不需要喷酒精
我们的心,不再喊"疼"

我们每一个人

都一定能够到达终点

会有那么一天

不是在梦中

2021 年 11 月 10 日

后　记

因想追溯自己的文学创作始于何时，近日，我整理资料，翻开《和田报记者用稿剪贴本》，发现一首《和田改水吟》，它发表于1996年4月25日《和田报》文艺副刊。这是首旧体诗，很短，寥寥56个字，发表在报纸上，就是豆腐块大小。全诗如下："丝绸之路多明珠，西部尤属和田殊。百万人心系改水，穷则思变著蓝图。古城儿女志千里，汗洒边陲为致富。千年涝坝成历史，如今饮水甘如露。"这首稚嫩的小诗就是我文学创作的开始，也是我正式开始诗歌创作的标志。从那时起，在紧张的工作之余，我开始写散文，也写诗歌，断断续续，坎坎坷坷，一直坚持着，走到了今天。

2011年出版的文集《落雪的和田》，一半是散文，一半是诗歌。2021年出版的《我想问问天上鸟》是我的第一本诗集。《喊云》算是第二本诗集。这本诗集主要是写故乡的，字里行间都是满满的回忆。创作的时间很短，也相对集中，前后就几个月，几乎是一天写一首，偶尔也有一天写两首，甚至三首的。在那段日子里，我的内心始终被故乡熊熊的烈火燃烧着，像是火山喷发，有千言万语要对故乡倾诉，以至于昼夜都沉浸在浓浓的诗意中。就这样，一首一首地写下来，总共写了近百首。之后，我又花了一些时间推敲、修改，从中择优70余首，构成了诗集的第一辑《故乡情》。这是诗集的主体部分，主要回忆我在故乡二十一年的成长经历，包括少儿、青年时代的生活、学习情况，亲人、村子里的人在这片土地上的耕耘、劳作情形，以及故乡的风景、如烟的往事等。第二辑《鄯善》，共计12首，都是讴歌鄯善的诗作。第三辑《雪花的眼睛》，共计24首，主要是用诗歌的形式记录我近年来的一些见闻感受。

这本诗集的部分作品曾在《西部》《绿风》《伊犁河》《吐鲁番日报》《伊犁垦区报》等报纸、杂志发表，并获奖，其中《一份特殊的礼物》荣获首届"中国·刘河湾牡丹诗歌奖"。这是2021年继散文《钱队长》荣获第三届方苞文学奖之后，我获得的又一个全国性的文学奖项。

当我快要整理完这部书稿的时候，春节一天天临近，我已经听到她越来越清晰的脚步声了。

作者

2022年1月18日